春秋花果

春秋花果

王鼎钧自选集

王鼎钧 著

GUANGXI NORMAL UNIVERSITY PRESS
广西师范大学出版社
·桂林·

春秋花果：王鼎钧自选集
CHUNQIU HUAGUO：WANG DINGJUN ZIXUANJI

图书在版编目（CIP）数据

春秋花果：王鼎钧自选集 / 王鼎钧著. 一桂林：
广西师范大学出版社，2020.2
ISBN 978-7-5598-2466-0

Ⅰ．①春… Ⅱ．①王… Ⅲ．①散文集－中国－
当代 Ⅳ．①I267

中国版本图书馆 CIP 数据核字（2019）第 283417 号

广西师范大学出版社出版发行
（广西桂林市五里店路 9 号　邮政编码：541004）
网址：http://www.bbtpress.com
出版人：黄轩庄
全国新华书店经销
湛江南华印务有限公司印刷
（广东省湛江市霞山区绿塘路 61 号　邮政编码：524002）
开本：880 mm × 1 230 mm　1/32
印张：9.75　　　字数：164 千字
2020 年 2 月第 1 版　　2020 年 2 月第 1 次印刷
印数：00 001~10 000 册　　定价：52.00 元

如发现印装质量问题，影响阅读，请与出版社发行部门联系调换。

作品的形式如花，内涵如果，

花开时，果已成，果熟后，花不落。

来来，请来赏花品果。

目　录

第一辑

直指本心

竞争五帖

广播和报纸的竞争

报纸，广播，都向大众传播信息。报纸让人"读"到信息，它希望读信息的人越多越好，广播让人"听"到信息，它希望听信息的人越多越好，彼此有竞争。

中国人一向相信白纸黑字，认为"眼见为实，耳听是虚"，广播只能听见，好像居于劣势。但是广播从业人员并不这样想，他认为"我能让人听见，而你只能让人读到"，于是昂然走向战场。

既然"只能听见"，它就充分利用人的听觉。它把信息分成三种，有些信息全部可以直接用听觉接受，例如音乐演奏，要紧的是让人听到乐声，演奏者的面貌姿态是多余的。在这方面，听广播胜过读报纸。广播从业人员努力挖掘这一类信息，以形成自己的特色。

有些信息可以直接听到一大部分，听不到的那一部分可以转述，例如新年放鞭炮、舞龙、舞狮，充分传达了兴奋热烈的气氛，穿新衣戴新帽再由播报员补充。在这方面广播和报纸可以互争雄长。报纸除了文字叙述还可以刊登照片，歌星登台献唱，能从照片中一窥她的长相和台风，当然可以争取读者，于是报纸来个图文并茂，并且把照片放大。

有一些信息完全没有声音，例如科学家破解了人类的基因组合，并且能够加以"编辑"，控制人类的遗传。传播这一类信息，报纸占绝大的优势，广播完全退出竞赛。

还有，新闻报道要快要早，新闻发生了，大家都来采访，广播记者回到电台立刻可以播出，报纸记者的稿子还要经过编排、印刷、发行，即使特别出"号外"也要三四个小时。广播刻意发挥它这个先天的优势，出现了转播车，选举一面开票电台一面广播，群众一面游行电台一面广播，飞机失事了，广播记者在满地残骸之间一面游走一面广播。

通常，人在做事的时候一心不能二用，但是主妇可以一面听广播一面缝纫，学生可以一面听广播一面做功课。尤其是"电晶体"问世以后，收音机的体积越来越小，你我可以一面散步一面听广播，可以一面开车一面听广播，这样一来，广播可以固守它的黄金三角洲，即使后来电视和网络兴起，也不能把它吞没。

学者总结战况，归纳成一句真言："和同类竞争，要针对敌人的弱点，夸大自己的优点。"

报纸和电视的竞争

我们读报纸的时候不能看电视，看电视的时候不能读报纸，两者互相排斥，竞争激烈。

电视的长处是用画面呈现资讯，观众能看见美国总统在国会发表国情咨文，能看见英国王子在大教堂结婚，能看见世界运动会女子游泳赛冠军跳水。可是人有一长，必有一短，电视也不能没有画面，而许多大事是没有画面的。商场钩心斗角，哪有画面？战场运筹帷幄，哪有画面？谁见过正义、真理的画面是什么样子？

没有画面，只有靠语言说明，而电视并不允许你长篇大论、滔滔不绝。同样一个人，他坐在电视机前面的时候没有耐性。电视对他说话，只能简单明了、点到为止，而报纸可以做深度报道。

众所周知，美国有社会福利制度，积弊甚深，很多人隐瞒收入，要国家替他付医药费，很多人把财产转到儿女名下，要国家维持他的生活，很多人自己有房子出租，还要政府替他付房租。美国总统发出怒吼，要彻底整顿，大众希望从传播媒体看到代表性的案例，电视台能拿出画面吗？报纸可以拨出三大版篇幅来满足读者，电视不能。

有些资讯可以转成画面，但是要花很多钱。电视推出节目，先要找广告，没有广告收入就没有节目制作费。例如电视从业者早就知道吸烟有害，不能推出戒烟的节目，直到戒烟成为社会运动，公益团体出钱。环保问题是人类面临的首要问题，何等重要，我们长年看电视，对环保的印象很淡，对明星的红唇、观光的景点印象甚深，宣传环保就得要求国家延缓开发，要求大众降低消费、减少对能源的消耗，商人对这样的节目没有兴趣。报纸对这一类事情宣传得比较快，也比较多。

为了和电视竞争，报纸不再严格维持没有意见也没有情感的"纯净新闻"，使新闻报道有深度也比较活泼。报纸也发展作者署名的专栏，综合使用记叙、论说和抒情的语言，形成一种新的文体。报纸也放大了作者的照片，大到吓人一跳。电视新闻的照片太规矩了，为了竞争，某些报纸组织了"狗仔队"，摄影记者跟踪名人窥探隐私。

竞争如战争，难免有人"以诈立，以利动"。传统的新闻学主张电视不可竞争，报纸只可有限度竞争。但是现代显学主张竞争，在竞争中接受大众的选择。

电影和电视的竞争

电视用画面加上声音传播信息，可以说是把电影送到你家客厅里来，你不用衣冠整齐开车出门，不用找停车位，不用排队花钱买票，节省很多开支。电视一出，抢走了大量的电影观众。

电影业开始在影片中穿插情节，嘲笑电视，例如少年人从电视节目中学会了喝酒，变成一个酗酒的无赖。例如说电视是杀死时间的工具，人老了，什么也不能做了，坐在电视机前面等死。有一个老人退休了，亲友们登门慰问，合资买来一台电视机送给他，不料另一个公司听说他退休，马上来请他去上班，亲友们又登门祝贺，把电视机搬回去，认为他用不着了。

单单是"吃醋"当然没有用，你得展开业务，起来与电视竞争。做法呢，还是那句老话："针对敌人的弱点，夸大自己的优点。"

起初，彩色节目成本高，电视只有黑白，电影业立刻停拍黑白片，改拍彩色片。电影界本来有一种说法，黑白片才是艺术，彩色片不是。现在断然修改他们的美学，人的眼睛生来是看彩色的，色盲的病患才只见黑白。当年流行黑白片还有一个原因，彩色片的颜色不自然，难看，好莱坞首先推出"特艺七彩"，不久又改进为"特艺十彩"，使彩色画面能引起美感。

那时电视机的画面小，通常是十七英寸、十九英寸、二十一英寸，电影立刻放大他们的银幕，而且一不做二不休，把戏院的整面墙都修成银幕。银幕本来是长方形，长宽有一定的比例，称为"黄金律"，大银幕断然打破这个规律，改成阔银幕。大银幕一出，天广地阔，表现千军万马、千山万水，万国衣冠拜冕旒、万紫千红总是春，看来真是夺神炫目、摇荡心灵。电影题材、导演手法、美工布景跟着改变，在音响效果方面也做出重大的改革，称为"立体声"。戏院的扩音系统全新改装，雷声隆隆，就在你头顶上碾过，炮声隆隆，就在你前后左右炸开。电视无论如何不能给你这样丰富的享受。

如果竞争到此为止，那是岁月静好。可是电影业一不做、二不休，他知道电视进入家庭，你我被动接受节目，家庭中要保护未成年子女，节目中不能有色情和暴力，他把这个看成弱点了。你我进电影院是主动接受节目，可以不带孩子，电影剧情可以有某种程度的色情和暴力，电影业把这个看成自己的优势了。"针对敌人的弱点，夸大自己的优点"，好莱坞的头牌明星也纷纷脱光，而且进一步不只是脱光。

竞争定律

"夸大自己的优点，攻击对方的弱点"，这个"秘诀"，也可以用于我们处世做人。

汽车的长途客运是怎么发展的？它的速度比火车慢，路线也不如铁路平直近捷。经营汽车客运的人索性让公路多转几个弯儿，经过山旁水涯，让乘客饱看亭台园林，一面赶路，一面游览，而且在风景优美的地方停车散步。这样取长补短，公路的长途客运业务仍然蒸蒸日上。

有些女孩子是天生丽质，打扮起来光艳照人，喜欢代购和逛时装公司，手帕掉在地上懒得自己弯腰，动不动噘起小嘴使性子。她们这样反而显得"可爱"。另外有些女孩子属于贤妻良母一型，她们应该注意学习缝纫、烹调、护理常识，体贴别人，多微笑，少发表意见。这样的女孩子也很可爱。

假定小张会说三种外国语言，就该努力提高这种技能。如果他服务的机关要他接待外宾，他该欣然应命。如果这种例外的"公差"竟习以为常，他该觉得高兴，他已有机会"充分夸大自己的优点"。先贤为什么教我们不辞劳怨？无非要我们尽量"夸大"（这两个字改成"发挥"好不好？）优点而已！好逸恶劳，避重就轻，变成一个"乏善可陈"的人物，任凭他人表现才能，不啻是长年引颈承受劈面而来的耳光。

如果一步跨入社会，张皇四顾，别紧张，先检点自己有什么优点，而不是专挑别人的缺点。自己有优点，要加强、要发挥，自己没有优点要培养、要学习。每一个机构、每一个职位都有弹性，你可以多做，也可以少做，甚至有时候可以不做，不要选择那少做和不做，还自以为比人家聪明。

争夺回忆录

麦克阿瑟是第二次世界大战的名将，用不着介绍了吧？在这里还是要来个附注：大战中，依盟军的规划，中国战场归他指挥，大战胜利后，他率领盟军占领日本，中国跟他交涉过多次。朝鲜战争时，他曾竭力主张越过鸭绿江进入中国东北，因此遭美国总统杜鲁门罢黜。

因此，麦克阿瑟最后隐居在旅馆里写成的回忆录，台湾的读者非常希望先睹为快，但是台湾的报纸买不到中文的版权。那时台湾还没有加入国际版权公约，有一家报纸暗度陈仓，他知道日本的《读卖新闻》买到日文的版权，决定从日文版转译。

方法很笨，但是只有他们想到，他们驻东京的特派员，每天早晨买一份《读卖新闻》，委托台湾中华航空公司的空中服务人员带到台北，报馆派人按时在机场守候。以下当然是编译加班，工厂排版，第二天早上见报。

回忆录当然是由幼年写起，可是媒体处理新闻，把读者最关心的事情放在最前面，让读者先知道，所以《读卖新闻》先从麦克阿瑟占领日本开始连载，台湾的这家报纸也跟着从占领日本开始，成为这部回忆录一个奇特的版本。

天下事不能尽如人意，有一天，不知为什么，台湾中华航空公司的班机上没有带来这份日文的报纸，中文版的连载势将中断一天，这是大忌，报馆老板束手无策。幸亏他的编译主任了得，他想到一天之中还有其他国家的航空班机由东京飞来，飞机上可能有日本乘客，这人可能在登机之前随手买了一份《读卖新闻》。他悄悄告诉专跑机场新闻的记者，教他回到机场办一件事：由东京来的班机降落后，请机场广播告诉机上的乘客，把报纸放在座位上再离开。然后记者登机，寻找当天他们需要的那一份报纸。

　　这就要看那位记者的能力了，报馆除了要记者抢到新闻，还常有这一类的不时之需，所以当一个红牌记者不容易。这位记者不负众望，第二天，麦克阿瑟的回忆录顺利见报。

　　这本由麦克阿瑟亲笔写成的回忆录，我们后来都读到根据英文版译成的中文书，今天渔樵闲话，内容实在平常，比起丘吉尔战后写的回忆录差远了。他有武略，无文才，回忆录在当时有很高的新闻价值，后来有些历史价值，在今天没有文学价值。

（选自《人生试金石》）

疏压四帖

跟着线条走

我在这里提出一个观念，思想是线形的。思想成为动词时，就是线条的延伸。所以前贤说思路、思绪（绪是从茧抽丝）。适当的压力可以助长这个线条延长并连续构形，太大的压力使这个线条纠结紊乱，所以前贤说茅塞剪不断理还乱。

因此疏解压力有治本和治标二途。从"压力源"入手，是治本；从梳理线条入手，是治标。治本难，治标各家争鸣。既然都是线条，让这一团乱麻附在另一个井然有序的线条上抽丝剥茧，一同延伸，这一团乱麻逐渐缩小，暂时消失，我们换来时间恢复精力，重整心态。

引导纠结阻塞的心绪顺利延伸，要有工具辅助，第一选项是音乐，音乐也是线形的。我小时候听音乐的机会不多，那时唱片是奢侈品，送人一张唱片是厚礼，现在很方便。你我不需要去学音乐、懂音乐，只要肯听音乐、爱听音乐。你我把自己的思绪交给音乐，让你心中这根线附在空中那根线上，跟着延长、跟着升空。音乐能在有限的空间中无限延长，音乐又一面发生一面消失，我们紊乱痛苦的思绪也跟着延长、跟着消失，把我们心中的烦恼丝打扫干净。

当然，如果能自己演奏一种乐器更好。我们听说过盲人把压力化入胡琴，聋人把压力化入长箫，不但从压力下脱身，也多了一份专长。

除了音乐，我还推荐咱们中国的书法。书法也是线条，音乐是音波在空气中震动的线条，书法是水墨在纸上渲染的线条。你会说书法家写的是诗词、是文章，诗词文章有意义，没错，我得补充，当诗词成为书法时，诗词是书法家的材料，书法家要借这些字表现线条的音乐性，书法不是诗词的记录，而是凝固在纸上的音乐，他们有个专用的术语叫"形式美"。

书法家只有一根线条，这根线条婉转、结体、布白，变化出无穷无尽的姿态，表现喜怒哀乐、阴阳刚柔，表现天地山川、花草树木。思绪跟着它走，它竟然像符咒一样使我们出神忘我、心无挂碍，所谓压力症候群，都不见了！书法不是写字，它是写字的艺术化，我们都会写字，都有基础，看书法或学书法，都比音乐容易入手。

"跟着线条走"能疏解压力而没有后遗症。解压的药方也是一大筐，有人主张犒赏自己一下，点两个小菜，喝杯好酒，染上了酒瘾。有人主张到赌城去冒个险，放松一下，成了赌徒。有人主张到风月中逢场作戏，结果引起婚变。这些办法风险大，我不建议。

放弃次要的目标

压力大，有时是因为事情太难，有时是因为事情太多。产生压力的原因叫"压力源"，来源不同，疏解压力的办法也不同。

如果"压力源"是事情太多，可以把事情分成主要的和次要的，完成那主要的，放弃那次要的。中学的课程很多，学生毕业后升学的压力很大，有些学校为了提高学生的升学率，把劳作、绘画、音乐的授课时间减少了，把时间挪来让学生多学习英文、数学、理化，这就是为了完成那主要的，放弃那次要的。有些人从外文系毕业，外语程度不错，本国语文程度很差。他也是为了完成那主要的，放弃那次要的。

在非常的时代，父亲是最难担任的角色之一，常常面临严峻的考验。有一个父亲从医生那儿得知，他最小的儿子患了某种疑难重症，如果不出国求医，将终身残疾。如果尽一切可能医治，又势将使他倾家荡产，其他三个健康的儿子都无法受到良好的教育。更为难的是，现在医学对这种病所知甚少，并没有把握一定使之痊愈。你看这位父亲的压力有多大！

这位父亲原是军人，他知道兵法上有两句话："城有所不攻，地有所不争。"统帅可以命令某一城市的守军撤退，可以命令某一战场上的军队停止进攻，这一城一地是他次要的目标，他要集中兵力用于主要的目标。

在一连几星期的失眠之后，这位父亲下了最后的决心。他对孩子们说，出国就医之议取消，孩子的教育计划不变，但是三个健康的哥哥，必须发誓永远照顾最小的弟弟。他征求孩子们的意见，小弟同意，三个哥哥也同意。父子五人拥抱痛哭一场。这个家庭的愁云惨雾一扫而空，每个人充满信心为将来活下去。

化整为零，聚零成整

"我的压力太大了！"压力不是问题，压力太大是问题。即使你我喜欢吃肉，"满桌子都是红烧肉"也让人没有胃口。

幸而前人留下一句忠告："饭要一口一口的吃。"一个人，除非他奉行素食主义，他此生"一口一口"吃过的红烧肉，最后加在一起，一桌两桌摆不完。他是怎么吃下去的呢？为什么没觉得压力太大呢？说出来稀松平常，那就是"化整为零，聚零成整"。

咱们中国有很多大庙盖在高山上，庄严崇闳，俨如宫阙，怎么盖成的？难度很高。查看历史记录，往往最初由一个和尚发愿，他把全部工程分解成若干阶段，一步一步来。他可能在山上先盖一间茅屋自己容身，每天下山弘法化缘，有了善男信女，有了施主护法，他就不是一个人了，千斤重担大家挑，压力就不成问题了。

这些年，我们不断从手机里收到各种数字，你我活到七十岁那年，你走过的路连接起来一共有多长，可以绕地球几圈，你吃的盐一共多少斤，堆起来高过你住的公寓，你我抽了多少烟，喝了多少咖啡，吃了多少糖，数字吓人一跳，怎么可能呢？你我为什么没有感觉到压力太大呢？无他，"化整为零"了。

"压力太大"，谁也不知道压力究竟有多大，往往是当事人把它高估了、膨胀了。咱们有个成语"惊弓之鸟"，两个武士比赛射箭，其中一人举手扬弓，射下一只飞鸟，参观的人鼓掌叫好。另一武士说："这算什么？我能不用箭就把飞鸟射下来。"群众用怀疑的眼光看他，他用明亮的眼睛看天上的飞鸟，选好对象，拉弓就射。弓上并没有箭，弓弦震动的响声未了，天上的飞鸟就受了重伤掉下来，倒在众人的脚边，不断地发抖。

这是怎么回事儿？且听那位武士的解释。他说："这只飞鸟曾经被人射过一箭，带伤逃脱，现在它肉体的创伤虽然平复，心理上的恐惧却天天加重，随时做着死亡的噩梦。射这种鸟不必用箭，弓弦的响声就足够伤害它。"

医学上有一种辞典，列举每一种病的名称和现象，医生严禁一般没有受过医学训练的人看这本书，大部分的人看了这本书都会疑神疑鬼，觉得自己好像有病，显然有病，果然生了病。

压力太大，"化整为零"可以变小，各个击破，然后"聚零成整"，它就不见了。

笑出来

会笑的脸和会跳的心脏一样重要。

医生教我们用"笑"疏解压力，要常常看喜剧。我想还有相声、脱口秀、上海滑稽，后来这三者融合升高，发展成一种谈话节目，在电视台走红，中国各省都出现明星，像周立波、赵本山，扬名海外。

"人是唯一会笑的动物"，为什么？依戏剧理论，人有"喜感"，受外界触发，他笑。喜剧针对人的喜感制造笑料，笑料中有个"笑点"，笑点与喜感相遇，犹如撞针撞到子弹的"底火"。

笑料又是怎么制造的呢？美国好莱坞"用制造罐头的方法制造电影"，对喜剧中的笑料有个配方，很烦琐。王梦鸥教授在他的《文艺技巧论》里提出一个说法，叫"突然变小"，倒是以简驭繁。

"突然变小"在各家新型的谈话节目中精彩纷呈，例如"我这辈子唯一拿得起、放不下的，就是筷子"，在这里不便多举。可以征引的是萧伯纳："未来取决于梦想，所以赶紧睡觉去"，可以从我自己的书中抄来："人生七十才开始……开始生病"。前面高高举起，后面急转直下，读者观众落了个空心的紧张，忽然放松，于是笑了出来。

如此这般，"笑"能疏压也就很容易解释了，压力是别人的生命力压挤下来，你要消耗你的生命力来对付，时间越久，压力越重，你的消耗越多，有一个词很可怕："耗竭"。你这里千金难买一笑，四两拨开千斤，常常笑，常常放松，这一笑把压力变小了，移开了，你的活力增加了，虽然问题并未根本解决，倒也增加了解决问题的能量和时间。

骆驼如果能笑，就不会被最后一根稻草压死。

（选自《人生试金石》）

我们还得思考

蘸水的故事

听说过"蘸水训子"的故事吗？一个父亲要他的儿子捧着半碟清水站在十字街头，让每一个行人蘸湿指头。不久，碟子里面的水干了，于是父亲叮嘱："记住，抓紧你的利益，切勿让别人沾染。"

这个故事是工业社会的产物。在工业社会中，一个人的能力有限，而人际关系复杂多变，"利他"心余力绌，只好"自求多福"。从前左伯桃在冰天雪地中脱下衣服来加在羊角哀身上，那是因为羊角哀是他唯一的好朋友。如果他有二百个朋友，每个朋友的交情都差不多，左伯桃的一件皮袍脱下来给谁穿呢？想来想去，还是自己保暖算了！

另一个可能是左伯桃有二百〇一件皮袍，自己身上的一件无须脱下来，两百个快要冻死的人也每人有一件可穿。"博施济众"，这样的左伯桃必定是一位富豪。现代社会的慈善工作是有钱有地位的人在做，他们拨巨款成立基金会帮助别人。从前"沿门托钵"一家抓一把米放在钵里的办法已经被人遗忘了。

现代小市民是一种只照顾自己的人，他们粉刷客厅而不知隔壁生死。然而"恻隐之心，人皆有之。"自私的小市民是藏着罪恶感的。偶尔有了机会，他们对准一个目标：一个孤儿，一个溺死的救生员，或是一只狗，表达热烈的同情，热泪洒在坚硬的水泥地上，捐款的信如雪片飞来。经过一阵倾泻之后，大家觉得自己仍是一个心肠慈悲的人，是一个在道德上有立足点的人，放心了，再恢复"正常"的自私与冷漠。

如此这般，我们理解，但是还要思考。

经验像扑满一样

咱们一向尊重前人的经验，"前头有车，后头有辙"，"前事不忘，后事之师"。后来出国流浪，才听说经验阻碍进步，经验不是给我们遵守的，是供我们打破的。

我在国外的第一个工作是为双语教学编中文教材，老板告诉我，不要把上一代的经验强加给下一代。他说尊重经验是农业社会的习惯，种田的方法年年一样，所以后人要跟前人学。

初闻乍见，我很惊讶。多少年过去了，我写这一段短文的时候，"经验无用论"好像已被中国人普遍接受。这也难怪，我们普通人一定会被时代思潮的主流淹没。

　　有人说，放眼古今各种学问，以数学的变动最小，平面几何由古埃及兴起，由古希腊完成，那是耶稣降生以前的事了，至今不废，16 世纪出现的微积分，现在仍然当令。医学的变动最大，几乎年年都要更新，医生必须每月阅读专业的期刊，每年出席本行的学术研讨，定期研读进修的课程，不断吸收新知识、认识新科技，否则难以继续为业。

　　我们立身处世，究竟要像一个数学家，还是要像一个医生？

　　说到科技，不由让人想起电脑。最初那个供实验用的电脑占地一千五百平方英尺，要使用一万八千八百个真空管。那样的经验，越快打破越好。

　　但是科技并非一切，不由让人想起社会的价值标准，人际的道德共识。即使"卑鄙是卑鄙者的通行证，高尚是高尚者的墓志铭"（诗人北岛的名句），我们还要不要高尚呢？"经验是供人打破的"这句话，是否因为上述的缘故就可以无限上纲，没有例外？这个，我们还得思考。

爱迪生的巨大问号

"我们降世为人的那一天，社会就在每个人面前竖起了一个巨大的问号：你怎样度过你的一生？"

你心目中可曾出现这样一个问号牌？这样大的一个问号，的确吓人一跳。爱迪生看见了这个问号，跟他同时代的人也都看见了这个问号，这个问号牌很大很高，也可以说是一面碑、一堵墙。它是形象化了的压力，那个年代，还没有"压力"这个词，但是早已有这个事实，主流思潮认为人应该接受压力，要立志推倒压力，越过压力。

现在我听说不一样了，现代人厌恶压力，回避压力，把压力当作灾难，在世为人根本不应该有压力。现代社会不敢在人人面前竖起这个巨大的问号，而是改成冷眼旁观。不管有没有人竖起问号，压力照样与生俱来，差别在于迎头提出警示，还是任你自己不知不觉陷入其中。

中国有些青年高中毕业了，成绩很好，家境清寒，不能去读大学，这里有一个基金会专门帮助他们升学，每年都有许多学生靠这家基金会的资助大学毕业。有一年，基金会特别从他们资助的大学毕业生里面选了一位到美国来读研究所，并且在纽约为他开了一个欢迎会，来宾致辞，勉励他珍惜这难得的机会好好读书，一位名导演叫他要快乐，不要有压力，这位大导演的意见很能代表今天美国的教育思想。

压力不是病，严重了也要人的命。人，怎样一面回答那个问号，一面快乐，恐怕是一个难题。托尔斯泰主张人的百年大计细细分割，一辈子有一辈子的目标，一个时期有一个时期的目标，一个阶段有一个阶段的目标，他甚至说一天有一天的目标，一小时有一小时的目标，一分钟有一分钟的目标。一分钟！你二十岁时候的一分钟就是为七十岁的那一年活着！休问这怎么可能！他只是强调惜寸阴、惜分阴，最后这一句用文学语言来表述，特别动人。

现在的说法，人生要像散步，随你兴之所至，父母不跟孩子谈规划，那样会戕害孩子的心灵。孩子们最重要的是快乐，然后是兴趣。美国以基督教立国，现在连教堂也避免谈到末日审判或终极救赎，而热心颂赞上帝创造了花好月圆。只有学校的课程还是"一个小时有一个小时的目标，一天有一天的目标"，这样的教学方式也受到非主流的撞击，批评它太机械化，让孩子难以自由发展。

有个名词叫"舒适圈"，一星期工作六天、五天，太多了，要四天才舒适。孩子上学的时间太早了，要八点钟到校才舒适。人要生活在舒适圈里，像"埋葬"在沙发里一样。

真的是这个样子吗？我总觉得让西方人的那一套留给他们的孩子吧，我们的下一代并不需要。

迷失的一代

在农业社会中，父兄是子弟的榜样和导师，他们把行为的规范教给年轻人。

到了现代，在高度工业化的社会中，年轻人行为的榜样和解决问题的方法，是从他们的同辈中观摩仿效得来。父母参加意见的机会不多，影响也小。在这种意义下，现代的年轻人乃是"孤儿"。

农业社会的行为模式是凭代代积累的经验解决问题。现代化的冲击来了，使那些经验大半变成无用的东西。年轻人迎接挑战，很少依赖上一代教给他的经验，他要凭个人的智巧和参考同辈们的智巧。

现代社会中的优秀典型是机警灵活。机警灵活意味着某种程度的不守成规，不守成规又意味着某种程度的不中规矩——不合传统的规矩。坚守传统堡垒的人常常发觉他不喜欢的人都有了成就，原因就在这里。

在传统观念中长大的父母对怎样管教子女逐渐失去自信，宁愿采取观望的态度。有些父母看见孩子的行为循规蹈矩反而忧心忡忡，发现孩子的行为有了越轨倾向而又不服管教时，无可奈何之余暗中安慰自己"焉知非福"。如此这般，青少年的问题一天比一天多起来，父母一天比一天更要手足无措了！如果我们有"迷失的一

代"，那是天下父母，绝不是他们的子女！

我们常常听见这样的对话：父母絮絮不休叮嘱孩子要这样要那样，孩子反问："爸，妈，我今年几岁了？"

是啊！几岁了？十八岁了，二十岁了，可以自己跟自己定规矩，甚至有了犯错的权力。形势来了，我们接受，但是我们也要一同思考。

各如其面

不能改变个性，但是可以改变心意。

馆子里供应海带、黄瓜或花生米做成的小菜，售款归服务生所有。据说，如果顾客只吃掉半碟，服务生仍然把剩下的半碟保存起来，留着供应下一批顾客。

有些顾客根本不吃这种小菜，免得"吃别人的唾沫"。有些顾客一定把小菜吃光，免得留下唾沫给别人吃。你愿意属于哪一类？

不可忘本，必须创新

跟"创业"相对的词是"守成"，不是"忘本"，本不可忘，业必须创。

现在可不是从前那个"父亲做什么，儿子还要做什么"的时代。年轻人都在往前走，而且未必以老一辈所"守"之"成"为出发点。老子打算盘，儿子用计算机；老子蹬三轮车，儿子开出租车；老子盖旧式瓦房，儿子造摩天大厦。我们并不需要先学好打算盘再去学使用计算机，我们建造大楼之前却必须先拆掉许多平房。下一代所做的，看起来好像是损毁、否定、淘汰上一代所做的。用传统论事的标准看，"创业"跟"忘本"倒像是很有些关联。其实，不然！

新事物不会倒转过来符合旧观点，所以现代人要用现代人眼光看现代事物。蹬三轮车是交通服务，开出租车也是，虽然出租车把三轮车淘汰了，也只是提供了更好的交通工具而已。所以，演皮影戏的祖父有一个干电影导演的孙子，不是坏事，乃是喜事，那位电影导演没有忘本，只是创业。"百丈高楼平地起"，可是现在偏偏有一种建筑的方法，先盖大楼的顶层，然后一层一层往下盖。这也没有忘本，因为最后还是把百丈高楼建成了。

电视台曾经流行一种问答节目，由各学校组成代表队参加竞赛，计算积分，产生冠军。大家发现，问到巴黎铁塔、罗马歌剧、海伦、阿尔卑斯山，答得出来，问到岳阳楼、昆曲、妲己、峨眉山，答不出来。据说这是大势所趋，现代比古代重要，开发比落后重要。是这样吗？我们还得思考。

（选自《我们现代人》）

海上尺牍

存好心，说好话，可是……

（一）

贵友的鸿文已拜读，他很慷慨，大大地夸奖了我，让我怎么说才好呢？我放心不下的事情果然出现了，单就这篇文章看，他对著作权好像没什么印象，他有善念美意，可是他踩了出版社的红线。我俩在中间很难做人，倘若不提醒他，他继续这样写下去，愈陷愈深，有一天变成侵权的诉讼，我俩就更难做人了。

我已经过两次版权争讼，虽然胜利，仍然苦恼。想起古人说防患于未然，遏难于将发，我们别再不好意思说实话了，为此准备了一份说帖，希望以后能事先消弭争端。这份说帖使用过多次，现在请您先看看，是否可以通过您的介绍，让贵友也有个基本了解？

附件：

有关评文和引文的法律问题：

写论述文章，论述者自己的见解主张，称为"评文"，引用别人的著作，叫"引文"。

论述要以"评文"为主,"引文"为辅,也就是论述者自己先有见解主张,构成主体,占全文极大部分,引文只居于证明或注释的地位,占全文极小部分。

"引文"和"评文"要有明显的区别,"引文"要注明出处。

够格的论述,绝不会大量抄录别人的句子或段落,从中加几句小注或感想串联起来,或者用转述、剪辑、摘要等方式,将"引文"混淆掺杂在"评文"之内,那样势将引发侵权的纠纷。

版权是出版社的生命线,现在各出版社十分注意维护版权,动辄兴讼,违规的出版物必须立即下架收回,违规的论述者和出版社可能需要道歉赔偿。被侵权的作者必须和出版社站在一起,他受出版合约的约束。

(二)

您年假不休息,写读书笔记说我的好话,我怎样回报呢?坦白地说,我的心很不安,唯恐您这篇文章发表,唯恐您还要继续写下去出一本书,因为您的写法,可能侵犯了出版社的版权。版权是个什么玩意儿?很多文友不知道,要酿成法律诉讼才警觉。我们既然有缘,我应该给您提个醒儿。

以您评论《怒目少年》这一篇为例吧,您最好自己有个看法,有个主张,超出这本书,也涵盖这本书,这本书中的若干内容,您正好拿来做证据、做注释。不要以这本书为主,自己跟着做几行小注，说几句感想。评论我的《怒目少年》，您可以青年人寻求出路为主题，看一代年轻人的惶惶奔走，齐邦媛教授和我都是例子，《怒目少年》和《巨流河》都是您的注脚，而非倒转过来。

评介《怒目少年》，您有一个副标题：要读者听我讲自己的故事。其实读者没有办法从您的文章里听我讲故事，只能从您的文章里听您讲我的故事，您从头到尾讲我的故事，零零碎碎掺入您的几句意见，这不像是写文章，像说书。这就有一个问题，"评文"和"引文"的比例。您讲我的故事，是"引文"；您说自己的意见，是"评文"；"引文"应少于"评文"，并且和"评文"应有明显的区分；"评文"为主，"引文"为辅。您"引文"太多，而且用缩写、摘要、转述等方式将"评文""引文"混合使用，这种写法，可能引发法律上的争执。

您事业有成，声名远播，如今对写作有兴趣，首先关心我的作品，我很光荣，也很感谢。只是为您设想，名票下海，定要一鸣惊人，艺事和您的身份成就相匹配。如今在技术上有重大瑕疵，显然没有经过充分准备，草草出手，太可惜了。我衷心期望您能拿出一点心力来关注文学，建议您先在技术上显示是个内行，然后中国作家多一益友，中国文学多一新星，受惠者岂止我一个人而已？感谢您了。

（三）

社区有声望的人提倡"存好心，说好话，做好事"，您率先响应，并且从推荐好书入手，给我一连串好评，并且把大作寄给我看。愿吉人天相，弟不知何以报德。

说来不好意思，您虽然一片好心，满篇好话，您的写法，我实在承受不起。我怎么说才好呢，我算是真正明白什么是难以启齿，您既然让我拜读大作，我不得不说，文章不能这么写，不能摘录我的句子，搬运我的段落，改写我的语言，编排一下，成了您的文章。这样写文章，出版社首先反对，因为侵犯它的版权。我受合约约束，必须和出版社站在同一立场，我既然看见了您的文章，奈何奈何，必须明白表态。否则，您会以为我赞同了，认可了，既误导了您，也造成我和出版社之间的矛盾。

我们到底是天涯相识之人，除了大声辩白，还可以有窃窃私语。读了您写王鼎钧的老板论，知道您是有学问有见解的，好像不知道怎样发挥。我以为您应该先树立您自己的老板论，您的老板论好比一棵树，王鼎钧的老板论像一棵藤萝围着大树转。如果自己没有老板论，孔子，孟子，荀子，韩非，意大利的马基雅维利，都有老板论，可以引证罗列，加上王鼎钧，写成比较老板论。这对您并不难。现在王鼎钧的老板论是一棵树，您像藤萝，离了这棵树站不起来，这就落了下乘，并且有侵权的可能。您也太委屈自己了。

　　您退休以后，喜欢写点文章，这是好消息，欢迎您来和中外文友同行。也不要老是盯住王鼎钧不放，题材的扩大和境界的扩大同步赶上。既然投入写作，那就提升自己，做到当行出色，也是晚景的一美。

授权，我有权可授吗？

（一）

主编先生：您好！

　　您在编辑一部翻译的书，打算转载我的三篇短文，这是对我的赏识。

　　我想您使用这三篇文章，除了原文转载，还要译为英文。您一定明白，原文转载，涉及出版物的复制权，译为英文，涉及翻译权，您认为不过区区几千字而已，可以轻松授受，其实对一个作家来说，这是大事。您这本书大概要选用很多人的作品，并不是每个人的想法都跟您一样，只有正确面对著作权的问题，取得最大公约数。授权的手续烦琐，您最好拟妥合约，随函发出，把该说的话一次说清楚，否则信件往返问答，不知要花多少时间。

　　至于我的情况，这三篇文章的同意权并不在我手里。您是从我的一本散文集中发现这三篇文章，这本书的版权目前归出版社所有。出版合约中有一条，我不能把这本书的一部分或全部再授权他人使用。出版社当然要保护它的权益，几乎所有的出版合约都有这么一条。不过我仍然愿意写信给出版社，询问我是否可以向您授权。

但愿一切顺利。

（二）

主编先生：

来信说，您的新书和我的散文集在同一家出版社出版，您已和出版社的有关单位讨论过，他们认为既然两本书同属一个出版社，编辑人从这一本书中调用几千字到另一本书中，应该没有妨碍，只要作者同意，根本不需要合同。

是这样吗？我很怀疑。一个出版社，他出版了一万本书，他可以使用这一万本书里面的文章，无须经过原书著作权所有人的同意？那出版了莫言全集的出版社，可以任意转载、摘录莫言的文章，可以使用莫言的作品编辑各种选本，各种注释本，各种插图本，而无须经过莫言的同意？那出版了李敖全集的出版社，可以任意转载、摘录李敖的文章，可以使用李敖的作品编辑各种选本，各种注释本，各种插图本，而无须经过李敖家人的同意？

这件事，我已请我的责任编辑去问他们的版权部，我得以他的答复为准。

　　来信说无须签订合约，不知何故。据我所知，版权是个法律问题，单单电脑通信磋商是没有法律效力的。站在您的立场上设想，您也应该争取有个书面记录才是。还有，您的书，目前在甲出版社出版，您使用大家的作品，也许都不需要授权的合同，五年以后，十年以后，您的书也许换到乙出版社出版，那时候，乙出版社可能要查看大家的授权同意书，您得重新征求大家的同意，才可以在乙出版社出版。那时候，您到哪里去找大家？

（三）

主编先生：

　　来信敬悉。看来我需要解释几句。我之所以没有一口答应授权，并非想要权利金，我的重点是，不要违反我和出版社签的合约。我非常注意诚信细节，这是小人物立身之本。我只是怀疑我是否有权可授，我的问题是，出版合约载明我不得把"一部分或全部"授权他人出版，如果我授权，岂不就是违约？

　　主编先生，商业行为，合约比法律优先，神圣不可侵犯。英雄可以违约，常人不能违约；强者可以违约，弱者不能违约。咱们行走江湖，在家靠父母，出外靠合约。我不能违约，即使在对方重金下我也不会违约。即使能增加扩大我的声望我也不会违约。如果我公然违约，何以对出版社的法务部？何以对出版社的责任编辑？我又何以要求这家出版社对我守约？这是一个法律问题，我要等待版权部门的意见。

主编先生，如果合作成功，我放弃权利金。但是人心不同，各如其面，一定有很多作家认为，您的书上市行销，这是商业出版，是盈利事业。至于说这本书销售的对象有限，可能亏损，那是投资人的风险。您想找一群作家来分担风险，苦行高僧，沿门托钵，未必家家都修布施波罗蜜，办起来事倍功半。希望您豁达处之，不要生气。

工作要注意法律手续

（一）

教授：您好！

读了您寄来的征稿信，得知您的编辑计划丰富庞大，令人起敬。

美中不足，您寄来的协议书草稿简单疏漏，跟编辑计划的气势不能配合。您编这么大的一套书，协议书要周密一点，大方一点，替作者多做一点设想，始足以广被令闻，号召天下英才。

还有，咱俩的协议书不能约束第三者，作为第三者的出版社实际上决定一切。如果将来出版社的做法与协议不符，岂是作者的损失而已？您编这么一套书可以赔上时间金钱，但是不能赔上身份地位，诚恳建议在有关出版协议的一切文件中划出底线来。

我猜，您是学问中人，又是基督门徒，对世俗的事没有太大的想象力，我应该不揣冒昧，知无不言。办世俗的事，要照世俗的风俗习惯、法令规章办理，不能单凭神前的一颗虔敬之心。佛教就分得很清楚，依照教义修行，不惹尘埃，叫出世法；邻家把围墙围到寺院里来了，照样请律师打官司，这叫世间法。为节省冗长的说明，我就做一次秘书工作，试拟了一份协议草稿，供您参酌。希望您别嗔怪才好。

协议书草稿另寄。

（二）

教授：

来信收到。看来有些话不能省，我只好强睁昏花老眼，再给您写信。

我原以为您编的是一本小书，两三百页的补充教材，没想到这是一套很大的丛书。这样一套书，您要环球征文，动员两百位作家，没有一个专业水平的合约，许多人不会响应，他们也不会向您多说，只是置之不理。我们素昧平生，只是同为主内弟兄，我这才补您所不及。

这种合约要有期限，通常是五年，这叫日落条款。想当年帝国主义那样霸道，租借中国的九龙，也只能九十九年。现在您要编书，如果五年不够，也可以说明理由，商量延长为十年，十年之后，还可以续约。总不能现在把文章无条件交给出版社，今生来世都归他了。作者们对这样的合约没有兴趣。

还有，合约要有对等条款，当年所谓不平等条约，就是没有对等条款。作者把文章交给出版社，他能得到什么？出版社不能付费，甚至不能送一本书，作者算什么？您这就得在合约中说明这是非营利事业，表示作者的付出是一种荣誉。也附带说明，如果这一套书将来有商业价值，会和作者分享所得。这才显得大方周到，更容易取到作者的合作。

还有一点，双边协议不能约束第三者，您答应作者这样那样，作者们都知道您并没有办法履行，他们对您是什么看法？您如何能得到他们的合作？所以要把出版社拉进来，三方面共同签字，这对您有好处，以后作者的权利都由出版社负责，作者有意见直接去找出版社。通常，出版社也不怕签这样的约，这么多作者，这么分散，每个作者所占的比重又这么小，他们不会成为后患。

（三）

您在发信征稿之前，已和出版社签订了合约，谢谢您把合约寄给我看。我看过以后大吃一惊，您对此事似乎缺少经验，又没有好好地请教版权律师。

　　您和出版社的合约中，涉及入选作品的简体版、繁体版、外文版，以及含混不清的原利益。请问，您凭什么做此承诺？这些权利都是作者的，您和作者签约了吗？出版社和作者签约了吗？您入选的文章大都是从已出版的书中摘取而来，这些文章的种种权益，早就归那本书的出版社了，作者仅能从他的书中释出单篇文章的复制权，您只能用于汉语简体纸质印刷的图书。我的情况就是如此。这一部分不弄清楚，将来出版社，编者，作者，势将引起一连串诉讼。

　　这套书出版以后，出版社许诺以版税的名义给您一笔钱。亲爱的教授，出版社应该给您报酬，他不能给您版税，他应该给您编辑费。如果出版社经费不足，也可以在合约中规定对作者不付版税，只对编者付编辑费。版税只能属于作者，主编如果分享版税，应出于作者同意，光明正大写入作者、编者和出版社共同签订的合约，否则，外界的误会就大了。

　　教授，看来此事要重新开始。首先，您和出版社签的工作合约要检视修改。其次，您和出版社共拟一个合约文本，发给入选的作者，共同签订。再其次，根据签约的结果，编定书稿。合约要一式三份，亲笔签名，不能用电脑传送。合约是一切的根本，签约是大事，别怕麻烦。

我的所得税

（一）

版税结算的通知书收到了，谢谢。

这笔钱，我第一件想做的事情，是交所得税。

交所得税的时候我觉得快乐，因为我有所得。

当初您把贵社统一印刷的制式合约寄给我，我特别要求增添一段文字，付版税的时候代扣代交所得税，并且把税务局的收据给我。

现在，请先不要汇款给我，交过税以后再算账。

交税以后的收入才是我真正的收入，那时还得拜托以贵社的名义给我开一份付款证明。我在美国也要报税，我的收入从哪儿来，多少钱，要有证明，不是我自己说了算，来源不明，政府也要追究。

这一项，也写在我们的合约里。

制度法令不同，难免多出一些琐事要办。麻烦您了。

（二）

来信说，作家在美国写书，在中国出版，出版社并不需要为他代扣代交所得税，他只要在美国报税就可以了。

这个信息完全出乎我意料。我还不能轻易接受这个好消息。我想，出版社付版税给我，报税的时候一定列为支出，有人支出一定有人收入，收入的一方也必须向税务局申报，即使这笔收入可以免税，也要申报之后由税务局减免，不能由纳税义务人自己漏报。收入者和支出者都完税，账目才平衡。

我向国内的一位朋友请教，他去找律师，据律师说，税法有个模糊地带，像我这种情形，可以解释为需要扣税，也可以解释为不需要扣税。我想，在这两可之间，应该以税务局的解释为准，马上拜托我的朋友跑一趟税务局。他问税务局的主办人员，像我这种情形，如果我自动交税，税务局是收，还是不收？答案是照收不误。既然税务局肯收下这笔税金，那就表示税务局认为我应该交税，如不交税，可能是漏税，漏税后果严重。

有人劝我不必交税，法律条文疏漏，税务局亡羊补牢，应该不咎既往，即使税务局有一天追究，你拿出条文来和他上法庭争辩，胜算会很大。我的年纪大了，解决问题尽量采斩尾式手法，不给儿女留麻烦。那，咱们还是扣税吧，经理部的同人辛苦了。

（三）

我在给您添麻烦，您倒回信说，一般作者都不希望出版社扣税，我何以不然？

我对交税的看法是，第一，我是赚了钱才交税。第二，跟我竞争的人也交税。第三，我写书能赚到版税，是因为有一个环境，出版事业发达，大众有水准看书，有钱买书，交税，就是我对那个环境的一点回馈。

您替我担心，既在中国交税，又在美国交税，岂不是双重负担？哈，这就要歌颂现代税法之合乎人情，我在美国报税的时候，拿出中国税务局交税的收据，这笔钱可以从我在美国应交的税金中扣除，只付一笔钱，我在中美两国都可以心安理得。

这就是我坚决要在中国报税的理由（如此这般，贵地税务局的收据非常重要）。我的想法请您支持，纳税的观念也请您顺便推广。

（四）

您替我扣交了所得税，贵地的税务局不能立即开收据给我，要拿着纳税人护照的原本文件申领。这个消息使我愕然良久。

为了出版，我依贵社的规定交出一批文件，其中有护照的复印件。贵社发给版税，税务局收下所得税，都是采用了这个护照的复印件。为什么到了开收据的时候，复印件忽然不管用了呢？交税是事实，收据，只是证明一件事实而已，为什么又要交验更强更有力的证明文件呢？

您要我把护照寄去，护照，无论用哪一种挂号，都可能遗失。幸而安全寄到您的手中，您交给经办人，三天五天以后，经办人送到税务官员的办公桌上，十天八天以后再取回来，再寄给我，这中间，任何一个环节，都难保万无一失。

而护照是不能遗失的。您早已知道，现在有个名词叫身份犯罪，江湖上自有一批本领高强的人，拿到我的身份资料之后，用我的名义去贷款，去订货，弄得我一身是债，他们也可以变造我的护照，换上一张照片，高价卖给需要的人，替我留下犯罪记录。虽然说，一切都可以辩白，都可以澄清，那要经过多么漫长的奋斗啊！何如慎之于始呢？

这几天，朋友讥笑我，岂不闻有例不可减，无例不可兴，不听古人言，吃亏在眼前。官场如舞场，一步进门，人家奏的是什么乐你就跟着跳什么舞，干吗要去改变人家的行政习惯？不过我并未死心，我想贵社或是您可以派人游说税务局，请他们想一想纳税人的理由。税务局工作人员都是优秀的知识分子，这一点同理心应该有，贵社也是当地纳税的大户，这一点面子也应该有。

试一试吧，这条路一定走得通。

文学社团的未来

（一）

蒙您惠赠新书，先谢谢。贵会是老牌的文学社团，新书出版司空见惯，现在这本书是六十位会员合出一本文集，表现集体水准，团结的精神，一致的努力，应该另眼相看。

　　打开书先看目录，入选的作者都是熟人，他们有多大本事，你我都知道。像听戏一样，看角儿就知道戏好；像进餐馆一样，看大师傅就知道菜好。单说能到公立图书馆来开新书发布会吧，图书馆把关很严，没有三两三，休想上梁山。

　　看这样的合集很有意思，有些人闻名已久，从没见过，现在书上有照片，总算有了一面之缘。有些老朋友断了音信，现在忽然发现他就在这本书里面，又联络上了。有些人你记得他的脸忘了他的名字，或者只记得名字忘了他的长相，现在合而为一了。如果你对文学有些心灰意懒，舒服莫过于躺着，现在一看，人家都还在写，都很认真，都越写越好，你又站起来了。今天我们正需要这样的文学社团，需要这样的合集。

　　等我看完了书，咱们再谈。

（二）

　　来信谈到主持文学社团的甘苦，看这本合集，知道贵会的会务很发达。记得当年一开始，这个会只有二十个会员，因为会长是办报的人，他找来的会员也多半写社论，不写诗歌小说。现在会员将近一百人，有些人年纪大了，失去联络，还有五十多人的作品收进这本文集，会务昌隆，现任会长吾兄有功劳，您不但当了多年会长，之前还当过多年秘书长。

　　在这本书里，您写了一篇文章，介绍这个会的历史，并没有夸耀自己的贡献，有风度！风度是推动会务发展动力之一。记得爱因斯坦有过一篇谈话，一个一个称赞当代的物理学家，认为没有这些物理学家，他自己也不会有这样的成就。今天我们文学社团需要爱因斯坦。

　　由爱因斯坦联想到胡适之。胡先生是我尊敬的大师，他晚年在台北做台湾研究院院长，有一年，台湾研究院开大会，胡先生很兴奋，他说今天是四世同堂，他是第一世，某某是第二世，某某是第三世，他说的二世三世都从世界各地赶到台北来参加盛会，这些人都有很高的成就，他这么一说，都成了他的徒子徒孙。那天我叹了一口气，胡先生的确是老了。今天我们文艺社团不需要那样的胡适之。

　　佛家常说十方因缘，主持文学社团的人也要有这番识见，成功的因素不像你想的那样简单。过五关斩六将别忘了有你的赤兔马，青龙偃月刀，别忘了你的马童，把刀磨得那么利，把马照料得那么壮。古城边斩蔡阳，三弟张飞在城楼上三通战鼓，改变了战场的均势，即使是车中的两位皇嫂也不完全是累赘，她们也在某个时刻助长了你的道德勇气和胜利的信念。

　　那贪天之功、贪人之功以为己功的人，只能使社团走向衰落。

(三)

前函谈到图书馆，是希望贵会发现图书馆对我们很重要，请您跟当地的图书馆多联系、多合作。图书馆也需要和当地的社团互动，扩展业绩。不过在形势上需要穆罕默德去就山，不要等山来就穆罕默德。

到图书馆开新书发布会，应是作家的第一志愿，先听图书馆这三个字，书卷气扑面而来，先声夺人。地点这么适中，交通这么方便，设备这么齐全。要是花钱到外边去租这么一个场地，你知道多少钱？八百元！这笔钱，你得卖六百本书！作家对图书馆三个字敏感，从图书馆门口经过，血压会升高，为了在图书馆发布新书，也要下功夫越写越好。

您也知道图书馆是非营利事业，不能有买卖行为，可是为了照顾作家，特许在你我开新书发布会时出售新书，这一点用心我们要接受。提起美国的图书馆，说来话长。我到美国以后第一次进图书馆，就很奇怪，世界上怎么会有这样的地方，一团和气，不要我花一分钱，让我看书，我把书给他翻得乱七八糟，他负责收拾。我走的时候，他还在大门上挂了个牌子，说谢谢我。我说过，在美国图书馆工作的人，将来都可以上天堂。（一笑）

我不忌讳这个话题

（一）

中国人讳谈死亡，列为大忌，未必全是迷信。这个死字的确引起生命下沉的感觉，对人的意志添了个负数。

弟五十之年出国，长途航行，依规定投保交通安全险，准备飞机会摔下来。抵美后依服务单位规定，买人寿健康保险，准备重病、伤残或死亡。后来买房子，依银行规定，保火险，准备有一天化为灰烬。步步准备意外发生，都好像是生死课程，他们的情绪完全不受影响，他们比较豁达。

我参加过一位老先生的追思会，他是资深移民，全家三代完全西化，平时生活和我们没有交集，他生前帮过我的忙，追思会我闻风插队。至亲好友在追思会中述说老先生的言行，从头到尾全场笑声不断，我第一次发现死亡使人生变得很滑稽，叹一声东方永远是东方。

最近从华文报纸上看到一份讣闻，上面写着某日举行追思礼拜，希望亲友都来分享快乐的回忆。不用说，这是一个奋斗成功的移民家庭，受人尊敬羡慕，你看讣闻在报纸上占了多大的版面，血亲姻亲的名单有多长！这个家庭也完全融入美国的主流社会了，幸亏上次的追思会给我垫了底，要不然，我还真不懂是怎么一回事呢。

由此看来，基督教对美国还是有影响力。依基督教的教义，死亡是回归天家，是永生的开始，世上的亲人和他只是暂别，可以思念，没有悲伤。有人说，一个中国人要对中国人说英语不会脸红，才算融入美国文化。看起来这两句话说得还不够，中国人很难完全融入美国文化。

（附带说明：基督教禁止自杀，于是发生了这样的事情：这里有个人不想活了，拿着玩具手枪攻击警察，警察连开四枪，把他射死。你看，谈生死真的很难，差之毫厘，谬以千里。）

（二）

有什么放不下的？一生流离，多少大割大舍，终身吞声。老来痛定思痛，生命有缺憾，犹如大地有幽谷，宗教即是缺憾还诸天地。

身后事是否老早做了安排？而今而后，夫死，如何，妻死，如何，夫妻同时死亡，又如何，皆由律师设计妥当。死前不用人工方法勉强维持生命，死后器官捐出移植，树葬或海葬，不营墓穴，皆由儿女预先办理手续。在纽约，这些事平时皆可公然谈论宣传，并不忌讳。

遗言？有一个作家说过，他的全部作品都是他对世界的遗言，我不敢这样说，我没有那样伟大。我只是跟朋友聊天，也许他们后来还记得几句。我对儿女没有约束性的遗言，一则他们俱已年长，有自己的人生哲学；二则美式观念，上一代的预想对下一代并没有价值。他们会很辛苦，上一代把许多事情搞坏了，丢给他们善后。三个儿女中只有一个是基督徒，我也听其自然，谁知道呢，不需要宗教也许是一种幸福。但愿他们对社会有建树，但是不要再把错误留给下一代。

来生来世？算了，别忘记佛教设计的轮回是对人的处罚。

大善奖学

（一）

大纽约区华人教育基金会举办义卖，李德怡董事长筹款，替华人的清寒子弟交学费。我在青年时期失学，一生颠沛流离，从多少学校的门外匆匆行过，遇上这等事，比别人多一分感动。

这一次义卖的特色是得到佛门人士的赞助，佛教说人生是个大海，佛门修行是驾着一条船把人渡到彼岸，他船上载的是如来家业。咱们前贤也说学问是个大海，读书的人好像渡海，奖学助学也是驾着一条船渡人，他船上载的是孔夫子的家业。今天的《世界日报》艺廊好像是个港口，一艘教育的船，一艘弘法的船，这两艘船在这里靠在一起，联合起来做一件事情，你帮助我，我帮助你，同心协力帮助别人。

义卖在中秋节之后举行，中秋节是个圆满的日子，花好月圆人长寿。有福有慧的人，常常在圆满的日子，想起在这个世界上，有很多人的境况不圆满。天是圆满的，有时候，天也会塌方，也会破洞。天是天下人共同的天，任何一个地方出了破洞，天下不安，所以女娲要补天。有福有慧的人，都想效法女娲，从圆满的生活里走出来，利用自己的圆满，去补救别人的不圆满，而减少别人的不圆满，就是增加自己的圆满。

天下没有能力行善的人很多很多，这样的人又分两种，喜欢看别人行善，或者嫉妒别人行善。我们喜欢看别人行善，义卖的这天，别因为自己没有能力行善而缺席，咱们一同去为他们鼓掌，表示咱们是哪一种人，你看好不好？

（二）

你说不能躬逢其盛，要我把义卖现场的情形说给你听，我就说一点新闻报没写的。

开幕之前，已经有人出手认购，谁说人间不可能有神迹，他这一出手就是创造了一个神迹。不用说，他这一出手，就有失学的青年，擦干眼泪，收拾书包，回到学校，社区里增加了朝气，减少了戾气。他这一出手，咱们华人社区就有几个家长夜里能睡得着觉，他的忧郁症也不用再吃药。他这一出手，就替美国造就了几个人才，提高了华人的地位。他这一出手，中国就增加了科学权威，文学经典，体育明星。然后说不定，这里面有人选上总统，或者拿到诺贝尔奖奖金，或者成为奥林匹克的冠军。这不仅照亮了一家，借用《世界日报》教育特刊上的一句话：它照亮了我们的未来。

有人议论，到这里来花钱不值得，我忍不住告诉他，这是义卖。义卖不是将本图利，是沿门托钵；义卖不是精打细算，是厚德载福；义卖不是冰雪聪明，是大智若愚。这种称之为"文物"的东西，你认为值得，它就值得，你买了它，表示你的身价，不表示它的身价。

有人议论，他读大学为什么要我们出钱。我赶紧告诉他，咱们别认为年轻人进了大学，就成了白马王子，白雪公主，读书是一件很辛苦的事情，三更灯火五更钟。我在一个大学里做过编辑，每年开学以后，我看见很多学生慢慢地瘦了，放了暑假，他们再慢慢胖回来。我们都看到什么机构发表的研究报告，现在很多年轻人不愿意读书。一个社会，读书人必须占相当的比例，要是比例太低，那是社会的危机，我们得尽心尽力帮助别人读书，鼓励别人读书，体谅读书人的辛苦，把他们看作是替我们受苦的人。

当年一度流行闹学潮，学生爱罢课，爱游行，不爱读书。我自己想读书也办不到，就劝他们好好读书。我去劝我的朋友不要鼓动罢课，他说我们要反对贪官污吏，我说就让他们再贪几年，你现在读书要紧。他说我们要反对独裁专制，我说就让他独裁这一任，你现在读书要紧。他们不听我劝，后来都后悔。我说不用后悔，咱们可以劝今天的年轻人好好读书。现在发现单是劝学生好好读书还不够，还得劝大家多捐钱设立奖学金。

（选自《爱情意识流》）

成全母亲

在当年那个通货膨胀的时代，有一个奶妈每天缩短她哺乳的时间。比方说，本来要喂二十分钟，今天则减为十八分钟，因为今天的物价比昨天涨了百分之十。明天更减为十六分钟。物价天天涨，她授乳的时间缩短，断然抽出乳头，置婴儿的号哭于不顾。

这奶妈的故事来不及细表，现在要说的是，如果母亲也这样斤斤计较，我们可能都会在三岁以前夭折。

母亲的付出没有条件，不经过计算，事后也不要"归还"。神话中的哪吒为了和母亲"划清界限"，把全身的肌肉剔下来还给了母亲，以示"两讫"。母亲如果和我们"秋后算账"，我们的寿命恐怕都不能超过三十岁。

母亲既是这样一个人，她又是我们生命中第一个有密切关系的人，我们就产生了一种想法，认为"人"都是这样慈爱，这样无私。以后慢慢长大，接触各色人等，经过许多痛苦，才知道人类过的是"物物交换"的生活，有所予，必有所取。再经过许多痛苦，才知道世上有那么多高人，拿黄铜换别人的黄金。大体上说，人从父母那里一件一件接过来许多，然后又一件一件被别人骗去。这一代中国人的经验尤其如此。多年前，某要人发表谈话，他说感谢天下父母的贡献。现在想想，他这句话是诚恳的！

随着成长，人终于发现母亲只有一个。我相信，人是在此时发现了生命中的悲凉。我以为人是在此一悲凉中想到上帝，上帝无限慈爱，无限宽厚，无尽赋予，是另一形态的母亲。

我们的母亲当然知道外面的人可能怎样对待她的子女，因此"儿行千里母担万里忧"。当年在中国大陆，谁家若有子女背井离乡，那在老家的母亲必定非常疼爱眼前由异乡漂流而来的孩子。她想以一己微薄的力量证明"人不独子其子"，来为她的子女构想一个较佳的境况。这信念和宗教挂钩，"我对人家的孩子好，人家也会对我的孩子好"。她希望两地即使相隔千里，也捷若影响。在这些"假设"的背后，我看见的是母爱，不是迷信。因为这样的"迷信"，只有母亲为了她的孩子才会坚信不疑，奉行不渝。

母亲的比喻是"春晖"，是四月天，外面则是十二月天，人在成长中如何适应此一温差？中国历史上有一位周太太，她用熊胆制成"丸"，每天亲自喂她的儿子吃下一粒，这是勾践故事的变奏，也是把异日的社会生活先搬进家中"彩排"。我不知教育心理学家于意云何，我只问中国的父母几人能做到？在能力所及范围之内，父母尽量照顾孩子，若是年老得子，正因为来日无多，反而更加疼爱孩子，过此一步，唉，过此一步。……某一位老将军在听说他家后代犯了重罪的时候，吩咐"在我有生之年，你们不能动我的孙子"。我闻此言不觉泪下，父母爱子女，也有智穷力竭的一刻，那心情不也是十分孤独悲凉吗？

人生在世，母爱绝对是伟大的，也一定是不够的，到了"圣人不仁，以百姓为刍狗"的时候，母爱种种都成反讽。安徒生有一篇童话，大意说有一位母亲关心子女的未来，求神仙指示，神仙把她带到井边，请她看井里水面上的"动画"，于是她看见那里演出了儿女的一生，于是她大哭，她说真希望儿女没有生出来。中国人有过多少次如此这般的"极人间无可如何之遇"。在这世界上固然有人歌颂母爱，但更要有人"成全"母爱。成全母爱！毋使母爱成为大难的序曲，毋使母亲"贡献"了骗子和野心家！

（选自《风雨阴晴》）

别再埋怨妈妈啦

吴钧尧先生发表过一篇文章，题目是《一直无法原谅我妈妈》。

为什么"无法原谅"呢？因为她老人家对子女"强硬灌注贫穷时代的价值观"。例如，"凡事都为别人想一想"。例如，在参加学校聚会的时候，"总是谦卑地缩在角落，像胆怯的兔子"。例如，购买家具，付账出门，"还要对商家鞠躬哈腰，连声道谢"。吴先生说，他"进入社会以后，因此吃了不少亏"。他说，"这辈子如果未能出人头地，光宗耀祖，享受荣华富贵，都得归咎我妈妈"。

这篇文章见报后，引起很多人注意，这里那里，都听到读者的嗟叹共鸣，我自己也回忆当年的母教，百感交集。

当年母亲耳提面命的那些话，我曾经记在回忆录里。为了相互印证，在这里再抄一遍：

> 行万里路，读万遍经。笨鸭早飞，笨牛勤耕。让小的敬老的，拿次的留好的。宁欺官不欺贤，宁欺贤不欺天。人多的地方不去，没人的地方不留。赞美成功的人，安慰失败的人。犯病的东西不吃，犯法的事情不做。不要穿金戴银，只要好好做人。墙倒众人推我不推，枪打出头鸟我不打。

试看这一串"格言"，有哪一条能通过今天"新人类"的检验？哪一句能"强化自我"？照着她老人家的话做，怎能"踩伤一排排的肩膀"功成名就？怎能避免"竞争功能的去势"？岂止如此，在摘奸发伏宁滥勿缺的年代，一个人如此低姿态，如此曲意结交别人，如此无视现实功利，他到底为了什么？他是否暗中有什么运作？他是否有什么秘密需要掩盖？流弊所及，又岂止不能出人头地、光宗耀祖？

岂止吴先生一个人有这样的"迷失"，妈妈教给我们的那些做人的道理，到了社会上，竟然完全不能发生预期的效用，闭门造车而出门不能合辙。甚至，我们有时发觉，"幼而学"得到妈妈的示范，到"壮而行"时竟然是反面教材。这种惊愕，这种伤感，也不仅是吴先生一个人有。所以，那篇《一直无法原谅我妈妈》才四方传播，多少人欲言又止。

妈妈为什么要那样说呢？为什么要那样做呢？

首先，我想，妈妈不能预见社会的转变，她老人家不是先知。（谁又是先知？）在她的时代，那些行为模式原是最好的，而父母总是把最好的东西留给子女。

退一步说，即使妈妈是先知，她也不能把"未来"的潮流提前到"现在"传授。试想，她岂能在强调子女要"笑不露齿、坐不张膝"的时代，告诉子女"不要性骚扰，只要性高潮"？她岂能在人人念诵"半丝半缕，恒念物力维艰"的时候鼓励消费、刺激生产力？那样，她犯了"时代的错误"，对子女并无益处。

妈妈是这样一种人：教我们储蓄，但无法应付通货贬值；度过了通货恶性膨胀的灭顶之灾，喘息未定，仍然提示我们应该储蓄。

其次，所有的妈妈都是完美的，而缺点是时代的。

我们的妈妈，当年置身一个什么样的时代呢？千言万语一句话，那是个没有秩序的时代，一个人的安全不靠公权力伸张，靠自己的"趋吉避凶"。

那时代，妈妈在家中低着头做针线活儿，一面惦记快要放学回家的儿子。很可能，蓦一抬头，她看见儿子站在面前，满脸鲜血。儿子在回家的途中，被骑脚踏车的人撞倒，皮肤擦伤了，抗议和争吵的结果，是又被打破了头。妈妈万般的锥心，万般的无奈，心中暗想：被人家撞倒，爬起来赶快回家有多好！为什么要争吵呢？为什么要争吵呢！

人同此心，就有了"忍一时气，保百年身"那样的格言。

即使是今天，一九九七年四月十六日，美国亚伯拉罕市，一个十一年级的男孩子，无意中向别人的汽车里看了一眼，车子里立刻伸出枪管，把他打死。即使是今天，离二十一世纪只有三年，死者的父母仍然说，"为人父母者要提醒孩子，不要随便看人家一眼"。

在那样的年代、那样的环境，父母——尤其是母亲，她的首要考虑是防患于未然。母亲为了使孩子安全，宁愿放弃使孩子伟大。母亲多半是这样的人：她不愿意你一条腿进天国，宁愿你四肢健全陪在她身边。

最后，我想，像踩伤一排一排肩膀、出人头地这种事，没法子教，也用不着教。谁教曹操？谁教赵高？即使可以教，也不能由母亲来教。母亲只能教储蓄，不能教你在通货膨胀时如何投机倒把。母亲只能教精忠报国，不能教你两军阵前如何兵不厌诈。

我想，人生在世需要一座房子，而妈妈只是给我们一些砖头，我们得向别处搜集建材，并决定怎样组合。

我想，人生在世好比做一个医生，妈妈只教了些基本课程，以后我们得不断进修和自修，知道病理上的新发现怎样推翻了旧说，从而改变我们的医术。

我很怀疑，"光宗耀祖、享尽荣华富贵"是人人可学的吗？武侠小说里常说，"秘籍"必须择人而传，倘若学习者条件不够，就会走火入魔。这实在是很好的寓言，马援也说过"画虎不成反类犬"！如果我们长大以后不能转益多师，福至心灵，那么母亲早年纵有些身教言教，恐怕也是徒乱人意！

吴先生的感叹，是我们一代人共有的；他提出来的问题，也是下一代人要思考的。而今而后，吴先生指出来这种差距恐怕永远存在，也永远难以解决。

哎，我们必须原谅我们的妈妈，换取下一代原谅我们。

（选自《风雨阴晴》）

虎妈悍母

其一

"中国母亲是否比较优越？"一本回忆录，一个新闻标题，居然震动了美国主流社会。看铺天盖地而来的读者反应，好像美国人患了两种病：一是儿童受虐过敏症，一是人口素质下降国力衰微的恐惧症。

资料说，在美国，虐待或疏于照顾儿童的个案，每年近三百万件，换算下来，"平均每五十二分钟就有一个孩子受虐，每八天就有一个儿童死于大人施虐或携子自杀"。儿童是国家未来的主人翁，必须保护，于是中国新移民遇到他大惑不解的怪事，自己的孩子自己不能管教，警察和社工人员上门把孩子带走，父母面临控诉。在这方面，美国神经紧张，防患唯恐不周，自有背景因素。

"儿童"的含义是十八岁以下未成年的人，"虐待"的定义包括"强迫孩子做他不愿意做的事情"，依据当然解释，在某种程度上也包括了禁止孩子做他喜欢做的事情，于是把千千万万的孩子宠坏了，人口素质降低，美国军队的战力，科学的发明创造力，工商业的竞争力，都面临考验。美国也有人先天下之忧而忧，他们的潜意识里有焦虑。

保护儿童和造就人才之间有矛盾。这一次有关"中国母亲"的强烈反应，显露了美式父母的左右两难。我是否可以说，他们有人对正宗的美式教育方式失去信心，充满了危机感，居然肯定中国的"虎妈"。我是否可以说，有些华人早已融入主流，他们只能维护主流价值，肯定自己，因而指责中国的"悍母"。

这些人是否真正了解"中国母亲"的教育理念？美国的"中国父母"也早已在某种程度上入境随俗，放弃亲权至上，可是在他们看来，孩子饮茶还是饮咖啡可以由他，如果是饮酒还是饮茶，岂可缄默？孩子进网球场还是篮球场，可以由他，要是进赌场呢？必须反对。孩子倾向哪一党哪一派，可以由他，要是倾向帮派呢？必须用心堵塞预防。他们如果在这些地方"尊重孩子的选择"，那就连朋友也不如，怎么配为人父母？

中国父母又何尝愿意这样做！如果能选择，他们宁愿像王安石的诗："愿为五陵轻薄儿，生在贞观开元时。斗鸡走犬过一生，天地安危两不知。"如今有多少美国孩子正是如此或接近如此。"美国父母"让美国孩子享此特权，也许对得起他们开国诸贤；"中国父母"若让孩子跟进，愧对列祖列宗。美国人席丰履厚，他们付得起代价，中国移民付不起。再说他们的有识之士也早已看见账单皱起眉头了!

　　"虎妈"的示例也许并不适合美国人,一如美式"以子女为朋友"的示例并不适合中国人。他们有他们心安理得、死而无悔的事情,我们有我们心安理得、死而无悔的事情,大家都是为美国造就健全的下一代,各行心之所安而已矣!可以预料,谁也没有百分之百的成功,谁也没有百分之百的失败。一个孩子,如果因父母放任后来成为学者,他也决不会因为管教而成为文盲;如果他因管教而成盗贼,也决不会因放任成为圣贤。

　　"虎妈"的示例也并非为全部中国人所必需,想想古圣先贤怎么说:"或生而知之,或学而知之,或困而知之""或安而行之,或利而行之,或勉强而行之"。要看孩子的根器资质来考虑,中国父母也只是尽心焉耳矣!他想制造听话的机器人?有些人有那么广的范围,那么大的权力,那么周密的配套,尚且劳而无功,身在美国的"中国母亲"怎么配?听起来简直"欲加之罪,何患无辞"嘛!

其二

　　谈"虎妈"的文章已经够多了,可是我想到一点意思,还有分享的价值。

　　反对"虎妈"的人，竭力申说美国的教育并非如此，诚然。可是这些朋友似乎忘了，"美国母亲"的信马由缰，正是"中国母亲"上紧发条的理由，这里面有生存策略的考虑。华人新移民的子女来美，与老居民的子女争一席之地，人家若是疏懒散漫，咱们就要勤苦自律；人家若是虎头蛇尾，咱们就要一贯有恒；人家若是自暴自弃，咱们就要"知其不可而为之"。子女不懂事，父母加把劲，使下一代困而学之，勉强而行之。中国母亲本是绵羊，披上虎皮背水一战，希望化劣势为优点。

　　策略之下，当然有技术问题。以学习音乐而论，"拳不离手，曲不离口"，课外的练习比课堂上的学习重要。假如其他条件相等，练琴六个小时当然优于五个小时，五个小时又优于四个小时。尝见有的孩子羡慕人家会演奏乐器，父母为他买了提琴，也带他投了名师。上课时老师指点作业，学生回家练习，下一次上课时拉给老师听，老师知道你偷懒，斩钉截铁一句话"next week"（下周），叫你立刻回家。下一次你仍然毫无长进，老师就说"你不适合学提琴，下礼拜不必再来了"。他不愿意陪你浪费光阴。于是提琴挂在客厅的墙壁上做了装饰品。如此这般又岂足为法？

　　今天一般中国第一代的移民家庭，颇像百年前中国的低门矮户面对豪强巨室，唯一的机会就是人家的家里出了"兔妈"，自己的家里有个"虎母"。上天公平，无形中有个自然律，"人家"的子弟容易娇惯放纵，荒废光阴，不能抵抗各种恶习；"咱家"的子弟若要争一日长短，只有乘势反其道而行，以勤对惰，以劳对逸，攻其所不能救。"人家"的不足之处，自有家庭条件、社会人脉可以补救；咱们没有，咱们只有对他们思想行为采取批判的态度，建立"有中国特色的美国家庭"。

没错，读书之外，三百六十行，行行出状元，学提琴失败的人后来可以经商致富，但是也要知道"勤有功，戏无益"在任何一行中都是格言。贵族盛极而衰，在很大的程度上由于子女不能进德修业，家长又不能纠正；平民否极泰来，由于忍人之不能忍，为人之不能为。此一历史教训，中国母亲不会忘记，除此以外，她也实在不知道还能怎么做。她怎么也不会相信"美式母亲比较优越"。什么折中调和，取长补短，说来容易，榜样安在？他连这样一出电视剧也没见过。

你可以说"人生贵适意"，退出竞赛，把一切放弃，决不可以说退出竞赛反而可以成为赢家。教育不能决定一切，没错，但教育又岂是全无作用？有学问的人说，人生是"教育、遗传、环境构成的三角形"。我们完全无法掌握遗传，我们又有多大能耐左右环境？只有教育，我们有较多的自主能力，对遗传和环境，教育可以发挥两者的优点，弥补两者的弱点。人性复杂，孩子不是植物，不能完全委之于春风化雨，教育总有方向，总有人为和强制的成分，比例和程度因人而异，因时因地而异。若说教育子女是艺术，那也陈义过高，"中国母亲"靠的是意志和运气。

世上永远有"虎妈"，也永远有"兔妈"，"兔妈"的角色比"虎妈"容易扮演，也容易讨好观众，情势所迫，"虎妈"行其所不得不行，局外哪知局里难！谈"虎妈"的文章太多了，料想作者们都写累了，读者们也看累了吧？好在"虎妈、兔妈"都不能绝对注定子女的成就，变数还有很多。祝福他们吧！

（选自《桃花流水杳然去》）

孩子

小羊六岁。

在肯尼迪机场，妈妈排队等验关，等检查行李，小羊随处蹲下去玩陀螺。那时，在小羊的心目中，纽约只是一片打磨得光滑平整的水泥地。

但是渐渐地，小羊有了意见。一天，伯伯来他家小住，摸着他的头问："美国好还是中国好？"

"美国好！"小羊毫不迟疑。

"什么地方好？"

"美国有地毯，好。"小孩都喜欢在地上打滚儿。

"还有呢？"

"美国的冰激凌好。"

"还有呢？"

"美国的爸爸好！"

这句话怎么说？伯伯大吃一惊。原来是，自从全家在纽约团聚，爸爸没骂过他，猛给他买玩具。

小羊七岁。

小羊学会了唱美国国歌。他每逢周末去上中文学校，在那里学会了中国国歌。

中国人集会的时候，两个国歌都唱。小羊跟着爸爸妈妈去参加集会，唱得很起劲。在他，集会最有意思的一段就是一个穿闪光缎的女士带着大家唱歌。小羊一面唱，一面仰起脸来看爸爸妈妈。奇怪，他的爸爸妈妈站在那里板着脸，闭着嘴，从来不唱。

会后和伯伯同车回家，途中，伯伯称呼小羊是音乐天才，并且问："你说美国的国歌好，还是中国的国歌好？"

小羊想了一下，认为中国的国歌比较好。

"什么地方好？"

"可以一面唱，一面吃口香糖。"

小羊八岁。

过生日那天，晚餐桌上，妈妈端着精心制作的打卤面，小羊老大不高兴的声音："怎么又吃这个！"

妈妈愕然："生日嘛，不吃面吃什么？"

小羊说："我的同学过生日，吃冰激凌蛋糕，吃炸薯片，喝可口可乐。"

爸爸放下筷子说："我带你买蛋糕去。"妈妈喝道："不行！你不能这样娇惯孩子！"

爸爸又拿起筷子。小羊却去厨房拿了一把叉子来拨弄那碗面，试着用叉子把面条卷起来，总不成功。妈妈说："小羊！面是吃的，不是玩的！"

小羊放下叉子，呆坐不语。妈妈又说："不吃？那就别坐在饭桌上！"小羊就去看电视。

夜晚，爸爸到床边安慰小羊，对他说："以后要听妈妈的话。"小羊委屈地问："我那些同学，他们的妈妈对他们都很客气，我的妈妈为什么这样凶？"

中国人嘛！中国的母亲总是比较严厉的。爸爸这样解释。他教孩子去亲妈妈一下，表示和好。

小羊依言扑到妈妈床上，滚进妈妈怀中，弄得妈妈吓了一跳。在一连串响吻之后，小羊提出一个问题，更是把妈妈问糊涂了，他问："妈，你为什么是中国人？"

小羊九岁。

妈妈收拾楼上的字纸篓，发现一块面包，上面涂了厚厚的果酱，只咬一口，就丢弃了。她一再叮咛过，不可把食物带到楼上去，以防蟑螂，小羊不但违诫，还暴殄天物。

她把小羊喊上楼，指着字纸篓里的面包叫他看，孩子并无掩饰抵赖之意。于是做妈妈的叫道："你今年几岁了？你几岁了？"

小羊朝着楼下嚷起来："爸，妈妈不知道我今年几岁！"

小羊十岁。

伯伯拿着一个盒子坐下。小羊一见伯伯，连忙躲开，不肯再任人抚摩头颅。妈妈用责怪的语气："小羊怎么啦，我十岁的时候，早已会给客人倒茶、拿拖鞋啦！"

伯伯向小羊招手："过来，看我给你带来的东西。"打开纸盒，是个五颜六色的地球仪。

小羊叫道："我知道，台湾在这里！"一面说，一面指下去。伯伯说："不对，那是日本。"

伯伯教小羊指出何处是美国，小羊找了半天，竟找不着。妈妈又嗔怪起来："我十岁的时候，世界上五大洲六大洋早背熟了。"

伯伯走后，妈妈对坐在电视机前的小羊说："还不做功课去？"小羊脸无表情，口无答语，惹得妈妈大喝一声。小羊连忙取下耳机，敢情他一面听广播，一面看电视。

"还不做功课去？"

"我正在做啊！"

天！他同时做功课、看电视、听收音机。这怎么行！于是妈妈关掉电视，拿走收音机，告诉孩子读书应该如何专心，像她当年那样。

孩子若有所悟，仰着纯洁的表情问："妈，如果我一切都学你，将来是不是也跟你一样，天天到车衣厂打工？"

不止一个小羊。一个朋友对我说，他简直无法与孩子交谈了。

他们五年前全家移民来美，那时候孩子八岁。五年下来，孩子的中国话快要忘记了，父母的英语还没开始学。他们平时用中国的普通话交谈，常常话不投机。

毛病出在哪里呢？我倾听老友的细诉之后，笑了。我对他说："问题出在你身上。仅仅是一个很小很小的问题。"

我想，这件事有公开说明，供大家参考的必要。

众所周知，英文语句的组成多半比中文严密。例如，中文，尤其是日常谈话，不特别标明时态，一句话所指的是过去、现在，还是未来，全靠约定俗成，心领神会。孩子早脱离了中文的环境，哪有这番修为？于是——

"你不听话，我不喜欢你！"

意思是你"如果"不听话，我"就要"不喜欢你。孩子不懂个中玄机，立刻觉得父母在大兴冤狱。"你不喜欢算了！"

中文的句子是可以没有主词的，这一特征，在老舍的小说中表现得淋漓尽致。以诗为例，"松下问童子"，谁在问？"言师采药去"，谁在答？一概从略。但英文造句，一定要有主词，说话的时候，主词吐音加重。有一家人进快餐店，两个孩子一商量，就对父母说了："我们喝可口可乐，你们喝什么？"

孩子说的是中国话，造句却不合中国国情。父母一听，你才多大呀，现在就跟我分得这么清楚啦！

最令朋友气愤的，是孩子处处跟他"抬扛"，例如有一次，他说："纽约有很多中国人都是广东人。"孩子立刻说："广东人是中国人，中国人不是广东人。"在我的朋友看来，岂有此理？在我看来，孩子并不是诚心别扭，不过把他受的造句训练自然流露出来而已。广东属于中国，而中国不属于广东；一可以在十里面而十绝不能在一里面。中文"是"字的用法既广泛又混乱，我们是习焉不察了。

我想我们要对孩子多欣赏、多宽容、多信任，遇有沟通困难的地方先自己反省。

"你怎么整天看电视！"

"我没有！"

"还说没有！你一直在看！"

"我是放学回来才看的！"

毛病在你口中有"整天"二字。

"这是你画的吗？"母亲指着纸上的方格子。

"不是！"

"你说谎！"

"我没有！"

孩子确实没有说谎，他不知道"画"可以概指一切正式书写以外的线条。

（选自《白纸的传奇》）

一个主婚人如是说

今天的新郎是我最小的孩子，据说最小的孩子最聪明，这话有些道理。最小的孩子前面有哥哥姐姐疼他教他，哥哥姐姐怎么做，他有榜样可以效法，他举一反三，触类旁通，所以他显得聪明。

有人说，天下父母都疼爱最小的孩子。我们对每一个孩子都疼爱，要是可以用天平戥一戥，我们最疼第一个孩子，我们感谢他到世界上来陪我们冒险，我们把全部的爱给他。可是我们没经验，事后才知道有许多地方做得不够，有许多地方做得不对，这时候他已经不需要我们那样的爱了，我们只有在第二个孩子身上补救，对第二个孩子我们努力要做得更多，做得更好。

看起来，我们好像更爱第二个孩子，可是事后发现我们还是有过失、有亏欠，我们总是顾此失彼，过犹不及，我们是扶得东来西又倒。这种缺陷总是在你来不及补救的时候才发现，怎么办呢，我们只有在第三个孩子身上，根据已往的经验加减乘除，努力补偿，这样看起来好像是爱最小的。我们是因为爱老大老二更爱老三，我们猜想别的父母也是如此。

我说过，我和内人教养第一个孩子，用法家，管得很严，条条框框很多，要他听话、听话、听话，老大受的委屈多。教养第二个孩子我们用儒家，要开导他，要感动他，老二很乖，很合作，可是我们的指令并不完全对。到了最小的孩子，我们可以说变成了道家，很像是无为而治。这时候我们对美国教育家的语录知道了不少，每个孩子都是独一无二的，不要强迫他学别人，好好。上一代的经验阻碍下一代发展，你要收起来，好好。你把孩子丢进水里，他自然会游泳，好好。老三的风险大增。国人的三大法宝，儒家、法家、道家，我们都用了，还是没做好，我们也技穷了。

都说越聪明的孩子越让你操心。老人聪明了反应慢，小孩子聪明了反应快，老人越聪明做得越少，多做多错嘛！小孩子越聪明做得越多。人一有了孩子，他在心理上不知不觉进入老年，站在孩子的对立面看问题，总认为反应太快不好，做得多也不好，他无能为力，可是又不能听其自然。

幸好我们一切顺利。在座的各位亲朋好友都帮了忙，有教育家给我们解释美国的教育环境，有急公好义之士给我们排难解纷，有儿童心理专家和我们的孩子结成忘年之交，循循善诱，发展孩子的天赋，我也遇到好长官，给我们加添信心。所谓新移民症候群，我们减到最低最少，我们老两口非常感激这些亲友长官，孩子们也会永远把他们记在心里。

今天，我们的小儿子结婚了。儿娶女嫁是父母的终身大事，孩子小，我们把他交给上帝，孩子大了，我们把他交给社会，等他结婚了，我们把他交给他的配偶，这时候我们的责任算是告一段落了。我们老两口在这里，在证婚人的见证之下，在全场贵宾的关怀和祝贺之中，热烈欢迎芮莉小姐成为舍下家庭的一员，我们怎样爱子女也怎样爱她，我们因为爱子女而更爱她。依照中国的说法，万里姻缘一线牵，五百年前月下老人已经把一条红线线拴在这两个年轻人的心上，我们感谢这条红线。

　　我们也早已叮嘱今天的新郎，有了这条红线，他已经不仅是这个家庭最小的儿子，而且是建造另一个家庭的工程师。因为有这条红线，他不仅要聪明，还要有毅力，能包容，有担当。因为有这条红线，他们俩合成一个大写的人，一个复数的人，这条红线使他们一举一动都会感觉到对方存在，都要为对方设想，要和对方协调一致，他们两个人，实际上成为一个人，他俩就这样共同缔造新的人生。

　　感谢各位贵宾今天赏光，感谢妻子的好几位朋友，两个月前就开始筹备工作。如果还有不周到的地方，请各位包容，也许办这样的事情很难十全十美，只有在来宾的体谅之下才可以圆满周到，我和妻子更谢谢各位的体谅包容。

（选自《千手捕蝶》）

真正的生活

比尔·盖茨（William Henry "Bill" Gates III），美国的大企业家，曾连续十三年蝉联世界首富。网上流传他的十句话，我前后多次收到，至今陆续不断。这十句话原是他在演讲时对年轻人的忠告，网友夸张称为十大名言，十项定律，甚至视同十诫，我一直没放在心上，最近得暇细读，不禁大吃一惊。

第一条，盖茨说生活是不公平的，你要去适应它，真是开门见山，石破天惊！生活是不公平的，没错，实际如此，谓之"实然"，然而社会应该是公平的，平心而论，应该如此，这是"应然"。身居社会上层结构的人士，一向把"应然"当作"实然"来表述，空包弹满天飞，据说可以保护青年的心灵，预防社会戾气。盖茨居然直言无隐，一语道破，他简直像个革命家。

盖茨当然不是革命家，他接着说你要去适应它。

怎样适应呢，我没看见进一步说明。盖茨在哈佛大学演讲的时候有一段话，露出一个侧面。他当年根本没想到这个世界是如此不平等，他强调：减少不平等始终是人类最大的盼望，他希望能够找到一种方法，既可以帮助穷人，又可以为商人带来利润，为政治家带来选票，那就找到了一条道路，持续减少世界性的不平等。他知道这个任务是无限的，它不可能完全完成，但是他说："任何自觉地解决这个问题的尝试，都将会改变这个世界。"

　　盖茨的这一段讲词，使我想起基督教的两句名言："改变那不能接受的，接受那不能改变的。"世间没有不能改变的现状，也没有不能接受的现实，只是不能依照你我个人的意志定出时间表，但是每个人都可以努力，接受当下现状，有一天改变现实。这样"适应"就有了积极的意义。

　　顺着这条思路想下去，盖茨的第二条和第六条可以和第一条合并阅读。第二条说，这世界并不在意你的自尊，这世界指望你在自我感觉良好之前先要有成就。我接到的另一个版本文句略有出入，它说"在没有成就之前切勿强调自尊"。我比较喜欢后一说法，虽然它可能距离原来的意思太远了。

　　两种说法倒也各有短长，第一种说法指出维持自尊有一定的条件，否则就成了妄自尊大，第二种说法的优点是强烈暗示自尊心妨碍前途发展。两种说法也都表达了同样的信息，自尊是身份地位的装饰品，你得先有成就后有自尊，你无法先有自尊后有成就，你甚至无法两者同时兼得。

　　盖茨啊盖茨，我佩服你，新移民应该是牺牲自尊的人。美国教育太强调自尊心了，弄得吃苦耐劳的新移民手足无措，心虚胆怯，弄得华裔青年过分膨胀，像一个信心饱满的气球，受不了压力，经不起挫折，嬉笑自如，朝不保夕。你这些逆耳真言，家长不敢说，教师不敢说，教育学博士更不敢说，多亏你说出来了！

第六条，盖茨说，如果你陷入困境，那不是你父母的过错，所以不要尖声抱怨我们，要从中吸取教训。这一条本是中国人的老生常谈，可是他把父母扯进去就有些奇怪，有一个译本索性把父母云云删除了。盖茨文辞精辟，他既然这样说，倒也值得思量一番。

难道"正统地道"的美国孩子，也抱怨父母没有留下丰厚的遗产，使他至今买不起房子？难道美国孩子也抱怨父母出身寒微，使他在社会上得不到有力的奥援？难道盖茨也知道华裔第二代在恋爱失败以后，归咎父母没有带他住在长岛？难道盖茨也听人议论，华裔父母望子成龙，不过是希望他的投资能得到最多的回收？

名言都是"微言"，有蕴藏可以发掘，有幽深可以烛照，有同声可以共鸣，有异议可以争辩。对盖茨的名言，我所闻如此，所见如此，不能下酒，但愿可以伴茶。

他的"十大名言"，不但说明社会跟家庭的差别，也缩小范围，要年轻人对"职场"有正确的认识。有关这方面的"名言"占了五条，比例最高，可以看作是盖茨这次演讲的重点。他的英文原稿应该只有一份，我看到的几份中文译本却各有不同的说词，也好，即使是有人错了，也错得很有意思。

第四条，盖茨的意思是说，老板比老师对你更严厉，要求也更多。你对二年级的某一教师不满，你到三年级可以摆脱他，老板却是没有任期的。这位超级老板一点也不含糊，他为天下的老板先立一个下马威。

有一个译本在后面加了一句：如果老板对你不严厉，你就快要失业了！我不知道译者根据什么译出这句话来，这句话很有智慧，我难以割舍。老板给你很"重"的活儿干，表示他在"重用"你，任劳任怨都是训练，都是长期规划。他如果让你轻松，他把你置换成一个多余的人，裁员的黑名单上你一定排在前头。

第八条，盖茨指出，以前学校按照学生的成绩分班，对优等生和普通生分别对待，现的学校大都废除了这种措施，有些学校里已经没有"不及格"的分数。"这和现实生活中的任何事情没有一点相似之处"。有一份译文在此断言："社会永远在排名"。

我想现场听讲的那些大孩子也许目瞪口呆，盖茨这番话和他们平素听到的教育理论何其不同，在我看来，又与咱们老祖宗的交代何其相似！前贤教我们见贤思齐，力争上游，此时此地若是一个中国人如此发言，一定有人斥为封建冬烘，没有融入美国的主流社会，而今盖茨是何等人物！美国金字塔的塔顶，尖端科技的研发龙头，他居然这样说了。

我一向纳闷，美国的教育家为何教孩子不要跟别人比，要做一个"完全不同的自己"。社会不但永远在排名，也永远在分类，世上哪有完全不同的自己？模仿是成长的规律，喝酒的时候岂不是也要见贤思齐？打牌的时候岂不是也要"三人行必有我师"？泡妞的时候岂不是也要取人之长补我之短？为什么单单到了学问和品德方面，这些都一律作废了呢？为什么到了竞争进取的时候，就要变成"完全不同的自己"呢？但愿咱们中国家长，都把盖茨的英文讲稿印出来给孩子看，念出来给孩子听，愿列祖列宗在天之灵保佑，他们听得进去，看得懂。

　　第十条"大轴"，盖茨劝年轻人少看电视，"电视不是真实的生活，在现实生活中，人们实际上得离开咖啡屋去干自己的工作"。

　　这一条我看了暗笑。我在电视这一行混过，知道制作电视节目的根本大法是教你舒服，没有压力，没有挑战，没有思虑，半躺在沙发上懒洋洋照耀着一身冬天的阳光，节目一个连一个，杀死时间，挑动欲望。"观众要看他自己没有的生活"，香港电影大亨邵逸夫的名言。

　　在这里，电视只是一个符号，他好像是"勤有功、戏无益"的信徒，照此引申，美国人一向注重的休闲娱乐，他好像不以为然。在他的十诫之中，可能这一条争议最大。

　　古人立言，有一种"有为之言"，他是针对某一时间、某一空间、某一特定的对象而发，没有普遍性，不能广泛使用。盖茨对那一群年轻人讲话的时候，深知他的听众大部分在电视、电玩、桥牌、网络等等耗费时间太多，他无须再强调娱乐，"不要教猴子爬树"，猴子的天性喜欢爬树，何待鼓励？需要抑制。

盖茨在他的"十大名言"中，一再使用"生活"来代替社会或职业，他对"生活"一词有特别的定义，他似乎认为人的生活是从离开家庭、学校踏入社会才开始的，社会并没有家庭和学校的温情和宽容，你要抖擞精神锻炼肝肠来迎接、来承受，这样"生活"就有悲凉的意味，然而兴奋和热烈也由此起步。这正是我们的孩子必修的一课。

淘不尽的历史弯弯流

　　淘不尽的历史弯弯流，这个题目很巧妙，李又宁教授总是能想出很好的题目来。他要我们谈谈自己在这个时代是怎么活过来的，历史往往是弯弯曲曲的，因为人心弯弯曲曲，历史的弯弯曲曲和人心的弯弯曲曲又互相影响，我们也就马不停蹄，脚不点地，一直到今天，才算站住了喘口气。今天谈那一段历史，你得把弯弯曲曲拉成直线，可就说来话长，淘不尽了！

　　依我的观念，"一九四九"这个符号不单单指某一年，它可以指国共内战爆发以后，一直到台湾解除戒严以前，或者说到中国大陆改革开放以前，这是一段很长的时间，要我谈自己在那些年是怎么活的，引用文天祥一句话，"一部十七史从何说起？"内战期间，我写了一本书，台湾三十年，我又写了一本书，两本书合起来800页，我不推销我的书，但是我也很难写出一个简单的提要，我只好把书里面的一首歌念出来，我不知道这首歌是谁作的，很切合今天的题目："左边一座山，右边一座山，一条河流在两座山中间，左边碰壁弯一弯，右边碰壁弯一弯，不到黄河心不甘。"

　　一言以蔽之，我是弯弯曲曲活过来的，那些年江山多娇，英雄豪杰的身段像过新年闹元宵舞动的那条龙一样九转十八弯，时势造出弯弯曲曲的英雄，英雄造出弯弯曲曲的时势，他们颠倒众生，扭曲乾坤，我得跟着连滚带爬，"人心弯弯曲曲水，世事重重叠叠山！"越过崇山峻岭，一步也没法照直走。"一九四九来"了，我是一条虫，一条爬虫，弯弯曲曲爬过一重一重障碍。那些不能变成爬虫的人大概没法活，那些不能由爬虫还原成人的也虽生犹死，我很幸运，变成虫，又还原成人。成为一个新人！我感谢上帝。要问我那些年我是怎么过来的，这就是答案。

我小时候，社会主义是显学，是主流，我心向往之，可是历史一转弯，我去读国民政府办的流亡中学。我本来很用功，可是学校变了质，我也变了心，我逃学去从军。历史转了一个大弯，把我搭的这条船打沉了，我抓住一支笔当作浮木，变成作家。一开始，历史要我做一个教忠教孝的作家，说仁说义的作家，后来，历史又教我做一个刺激欲望、鼓励消费的作家，我都不甘心，我也都做得很好。我们是 20 世纪 50 年代文人相害，互相监视告密；60 年代文人相轻，有潮流派别；70 年代文人相忘，每个人只顾赚钱；80 年代 90 年代文人互相抄袭，赢家通吃。我的从业经验也弯弯曲曲，随遇而不能安，我很少为如何找到一个工作发愁，常常为如何辞掉一个工作发愁。我第一次主动地谋求一件事情，第一次感觉到求人很难，是来到美国办移民，这件事情深刻地教育了我。

照开会通知上的要求，我得谈一谈感想，每个时期有每个时期的感想，现在当然要说最后的感想。我是一个平民百姓，没有任何依赖，任何庇护，像我这样的人非常非常多，历史玩弄的就是我们，践踏的就是我们。"兴，百姓苦，亡，百姓苦。"历史像洗衣板一样揉搓我，像绞肉机一样搅拌我，我该死不死，两世为人。我是祖宗有德，上帝有恩，三生有幸。有一本长篇小说，书名叫作《永远的虎魄》，开头第一句话就说："在乱世，人活着就是成就。"照着镜子左看右看，这点成就有什么可以夸耀的？我得多么以自我为中心，多么不知世事艰难，才可以夸耀自己？只有感恩，只有回馈，只有洗耳恭听人家的夸耀。

有一个故事，据说是美国总统林肯讲的。他说有一个国王，经常要出去剪彩，揭幕，证婚，主持各种典礼，每次都要预备讲话，实在麻烦。他问一个有学问的人，有没有一套话，在任何场合对任何人都可以使用，不必每次都预备新的，那个人说："有！不管什么场合，你上台以后只要说一句话就可以了，你对全场听众说：'这一切都会过去的！'"

是的，一切都会过去！"一九四九"淘不尽，但是过去了，英雄豪杰剩下一个名字，黎民苍生留下一个数字。从前的"我"也过去了，我现在是一个新人，好比蚕做了茧，变成蛹，它不能退回来变成蚕，只有向前化成蛾。种种昨日，都成今我，今我已非种种昨日，我今是昨非做新人，脱胎换骨做新人，推陈出新做新人，新天新地做新人。

　　历史这条长河，还是要弯弯曲曲流下去，但愿将来的人不必弯弯曲曲地爬，他们始终可以站得直，顶天立地，可以照直走，挺胸昂首。可以在河里撑船，可以在河堤上散步，也可以跳华尔兹原地旋转，他们一以贯之，不闹人格分裂，该活的时候活，该死的时候死，用不着死去活来！

（选自《桃花流水杳然去》）

一种可以选择的命运

刘邦：狠之中有不忍

秦亡以后，楚汉争雄，楚霸王项羽在两军阵前架起大锅，要当众"烹"杀汉刘邦的父亲，做成肉羹。这时刘邦的父亲太公在项羽的刀俎之上，性命岌岌可危，唯一解救的办法是刘邦向项羽投降。但刘邦泰然对项羽说："你我有兄弟之约，我的父亲也就是你的父亲，你能吃他的肉，我也能吃，肉羹做好了送一碗过来。"

项羽一向残忍好杀，他在襄阳屠城，他入关后，坑杀降卒二十万人。但他竟然放掉刘邦的父亲，使刘邦"险胜"。后人论史，都说项羽虽狠，狠不过刘邦，刘邦能置老父生命于不顾，项羽竟不能下手。清人戴南山质问："如果项羽果真下锅烹人，刘邦势必失去做人的基本立场，他还能号令三军？还能完成帝业？"

这话诚然不错，但问题并未解决。如果刘邦投降，项羽会不会把他们爷儿们全杀了？会不会把汉军全坑了？刘邦对于以丰沛子弟为骨干的十万义军，岂无珍惜之念？项羽发牌，刘邦决心一赌，"狠"之中自有不忍。

如果我写历史小说，写到刘邦说"请分我一杯羹"时，汉军将士的反应是非常感动！这一举，应是振作了士气，收拾了人心！所以刘邦到底做了超级大老板！

这一层，书生议兵，视而未见。

建文帝：不忍之中有狠

明代有"靖难之变"，做叔父的从北京起兵南下，要抢侄子的皇位。明初建国南京，北京南京路途遥远，一路打过来并不容易。可是皇帝下了一道圣旨，说是这一场战争不许使他的叔父受到伤害，"勿使朕有杀叔之名"。这一来，勤王平乱的军队在战术上受到极大的限制，士气低落，结果南京失陷，皇帝下落不明。

这皇帝是个狠心大老板。"勿使朕有杀叔之名"，宁可把江山丢了；把铁铉、方孝孺这样的忠臣害了；把文武百官，乃至黎民百姓置于大整肃、大清洗之下。这样的皇帝看似"不忍"，其实也有其大狠、大忍的一面。

这一层，书生论政，几人见到？

这个"不忍杀叔"的皇帝，应该立即遣使北上，展开谈判，以逊位换和平，条件是不可轻易杀人。

当然，他逊位之后，日子一定难过，有史为鉴。虽然大不了，也是"下落不明"而已！但他的"老板"形象，就高明得多了。

徐庶进曹营——一言不发

"人才之盛，莫盛于三国。"三国时代有个徐庶，智谋过人，刘备登门礼聘，并倚为心腹。

人主之爱才、重才，恐亦"莫盛于三国"。例如曹操得知徐庶归刘，马上"劫持"了徐母，逼迫徐庶归曹。徐庶指着自己的心对刘备说："我所以能为您效力，是靠这方寸之地。如今为了老母，'方寸乱矣！'留在您身边，已是毫无用处了。"

徐庶喜欢刘备，而必须离开刘备；讨厌曹操，而必须依附曹操，内心当然痛苦。他疏解压力的办法是"终身未设一谋"，从来不提任何建议。曹操把他弄到手，是枉费心机，他的生命却也从此浪费了。

徐庶和貂蝉一样，出场时有声有色，后来"淡出"消失。他因一句歇后语而"不朽"："徐庶进曹营——一言不发。"

像徐庶这样的人，显然不能做大老板。

这样的老板是部下的噩梦

且说我家乡附近的一个人物。

当年偌大的华北农村，天高皇帝远，地方治安不靖，豪强以私人武力自保。我要说的这个人物，堂堂凛凛，有枪、有炮，有寨、有壕，自是一方之主。

这样的人当然有劲敌，敌人昼夜图谋怎样破他的寨子。他有一个女儿，情窦初开，一脑子幻想，人家就派了个小伙子混进来，追他的女儿。

有一天，这一对小情人突然失踪了！然后，大军压境，团团围住寨子。倒也无妨，寨主明白"勿恃敌之不来，要恃我之有备。"可是这时发生了他万万想不到的事情。

守寨的乡勇，只见寨外有一辆"大车"缓缓推近，车上用泥坯做成矮墙，用以掩护后面推车的人，车前高高竖起长梯，梯顶吊着一个剥光了衣服的少女，正是寨主的女儿，她大叫爸爸救命。

乡勇赶快报告老板，老板登上围墙垛口，目眦欲裂，拔出手枪来，连开五枪，把女儿打死了！

乡中父老论史，都说这寨主做事当机立断，直到此时，他做的都是"大有为老板"非做不可的事情。可是紧接着，他犯下铁尽九州难铸的大错，他下了个绝望的命令：打开寨门，冲锋！

　　当时的情势敌劳我逸，有利于守，而且乡勇未受过野战训练，不利于攻。顶要命的是敌人部署在哪里，他根本不知道，冲出去做什么？

　　答案是：送死！

　　他这一方之主，蒙此奇耻大辱，痛不欲生，也就罢了，却要全体部下一同做此愚蠢的牺牲。人生在世，跟上这种老板，也算倒了八辈子的霉。

英雄见惯，始知其非常

　　你看，做老板并不容易，老板越大越难当。

　　有人说"仆人眼中无英雄"，又有人说"英雄见惯亦常人"，这些话靠不住。我读《隆美尔传》的时候，有一个感想：即使隆美尔摆地摊，也是这座城里最大、最好的地摊，摆地摊的如果成立公会，他定是第一任主席。

　　成功的大老板具有某些特殊的质量，这些质量是不成文的。世界各国都有老板著书立说，但立功者，不必立言。大有为的老板是何等样人，他心里想的，决不在口中说出来；他说的，决不做出来；他做的，决不写出来。所以文章乃是老板的糟粕，功业才是他的精华。

了解老板，我是说"大有为的老板"，必须亲炙，所以英雄见惯，始知其非常，仆人眼中更见其为英雄。

老板必有过人之处。也许你说："我那老板，做我的部下我还不要呢！"我劝你回去仔细看看，虚心听听，三个月后，你的意见一定改变。

如果你左看右看，真把他看透了、看扁了，那么你还不辞职快走？

老板，人类的最后一个名词

老板，大有为的老板，是"特殊材料"做成，中国先贤闪烁其词，称为"日月精华、山川灵秀"。

洋人说话比较清楚，一位阴谋理论家说君王是"狮子与狐狸的综合"，他的意思是残忍与狡诈。

依我看，"狮子与狐狸"不仅象征君王的性情，也可以比喻其形貌，即威猛端庄与阴沉机警。你应该观察那些"大老板"，看他何时像狮子，何时像狐狸，或者既不像狮子，又不像狐狸。

"狮子与狐狸"的说法，把君王理想化了，只有亚历山大、成吉思汗第一流天骄，才可当之无愧。至于等而下之，尚须混入豺、狼、鹰、鹞。老板的文化教养，又可能使他有时像骏马、白鹤；老板又有所谓"异相"，中国某一位大老板的模样，有时酷似熊猫。

你该看他何时像鹰，何时像狼。

所以，老板是人世间一大风景，也是寒暑表、地震仪、气象预报图。无论如何，老板不能像羊、兔、猪、雀。

照进化论的说法，动物进化到最后、最高的阶段，出现了人，所以"人是动物学的最后一个名词"。

而"大老板"又可能是"人"的最后一个名词。

在进化过程中，人身存留了某些禽兽的品质，而大老板得天独厚，包罗最广，所以大老板的形貌、气质、神态变化最多；是人世间特殊的稀少的动物，未可以牛、羊、鸡、犬待之。

孟子曰："人皆可以为尧舜。"他不敢说人皆可以为老板。古之知识分子自命可以伺候尧舜，但是不善伺候皇帝，被皇帝砍了头。

圣贤英雄也找归属

老板是天生的，伺候老板的人也是。

人有"奴性"，找依附、找归属、找整合。可巧就有一种人，极少数、极特殊的人，能满足他们的需求。人，一旦找到效忠的对象、奉献的理由，即使后果严重，那份兴奋、那份快乐，只有上帝知道是怎么一回事。

张良总算个人才吧，他在找到刘邦以后，心满意足地说："沛公殆天授也。"梁山人物总算是好汉吧，他们东飘西荡，找不到老板的时候，竟也掉下许多泪珠。刘备得诸葛，自谓如鱼得水，这话应该出于诸葛之口才恰当。我们的祖师爷孔子、孟子，周游列国席不暇暖，何尝不是为了找老板？最后，孔子说："麟出而死，吾道穷矣。"孟子说："然而无有乎尔，则亦无有乎尔。"那份伤痛，我们至今犹能体会感受。

老板，我是说大有为的老板，能搜集人的幻想、热情、忠诚而发挥之，同时激发人的贪婪、虚荣、残忍而挑逗之，大则影响历史文化的发展，小则左右个人命运的形成。

老板有老板的魅力，这魅力，在京戏里以脸谱表示出来。它确实十分明显，使人一望而知，一望而生服从效忠之念。隋唐之交，天下豪杰争雄，虬髯公一见李世民，立即决定移民，他知道中国没有他的机会了。

人上人的想法

老板是人上人，人上人有人上人的想法，人下人有人下人的想法。人若一脑子"人下人"的想法，不能成为人上人。这是"有志竟成"的别解。

有一个人说过这样的话：看人结婚，他幻想自己是新娘；看人施洗，他幻想自己是婴儿；看人办丧事，他幻想自己是尸体。婚礼中，新娘是中心；洗礼中，婴儿是中心；葬礼中，尸体是中心，三者在仪礼中，最尊贵、最重要。这人未经训练、不需提示，自然而然拣尽高枝。他是大老板的材料。

可是却也有人看见婚礼，想到自己是伴郎；看见洗礼，幻想自己是神父；看见葬礼，幻想自己是吹鼓手。

孔融让梨，有人幻想自己是孔融；有人幻想自己是孔融的哥哥，等着拿大的。

别要求老板做圣贤

大老板是强者，强者有时难免做点坏事，以显示自己的功力，也用它做"指鹿为马"式的测验题。你的希望是老板不要做"错"

事，并非他做"坏"事。

坏事和错事不同，两者分别在事工效果。有时候，"好事"恰是"错事"。

做一个成功的老板不可愚、不可懦、不可私，倒没听说不能坏（当然也不能坏透了）。他偶然坏几下，不可计较。

姜太公钓于渭水，钓丝的末端，垂着一段笔直的铁线，他不用钩。墨子说："与其给人家一条鱼，不如给人家钓鱼的方法。"姜太公对文王说："我也不给你钓鱼的方法，我给你整条江，给你所有的河流湖泊。"我给你江山。好吧，让那些有本事的都来钓鱼吧。

所以太公是帝王之师。

老板即命运，不过你可以选择

今天的社会结构又与古代不同。

老板太重要了，他赚钱，你加薪；他扩张，你升级；他破产，你失业；他成圣，你为贤；他为贼，你为奸；他找死，你殉葬。（想想吾乡的那个一方之主。）

劝君更尽一杯酒，擦亮眼睛找老板。在家靠父母，出外靠老板，举头三尺有老板。人生在世，跟什么人共处的时间最长？父母、兄弟、儿女，都不是；连妻子也未必是，共同相处的时间最长、最久的是老板。（除非你自己是老板。）

所以智者择主而事，竭智尽忠，劳怨不辞。老板糊涂你就滚，老板英明你就忍。

所以荀子曰：人生有三不祥，其一为"贱而不肯事贵"。人生有三必穷，其一为"下则好非其上"。

以老板为友者得大利，以老板为师者得小利。以老板为敌者倒大霉，以老板为路人者倒小霉。

所以择主而事，天下无事时为奴才，天下有事时为人才。（切忌天下有事时为奴才，天下无事时为人才。）

好部下长期伺候一个好老板，到后来会对老板产生"孺慕"，综合了君臣、父子、夫妻、师生各种感情，这是最奇特的关系：从老板的角度看，是最理想的关系；从部下的角度看，是最安全的关系。大忠终身慕老板，老板有此修为，至矣尽矣。

（选自《黑暗圣经》）

第二辑

直指地心

匆匆行路

一

难怪报上常常出现"赶办出国手续",准备出国总是匆忙多于从容。我这次打定主意"笨鸭先飞",距离行期还有一个月就开始紧张,到最后还是有那么多事情挤在一起。验关出境的那天早上人困马乏,而旅客的队伍那么长,行李箱那么重,几乎以为自己再也没有气力杀出重围。进了机舱,找到座位,才发觉一身是汗。坐定了,才去细赏那一个月来无暇咀嚼的"远适异国"的惆怅和"故土难移"的依恋。飞机偏又迟迟不飞,好像故意让我汇聚一些离愁。这时候,如果你走进机舱来,拖住我的胳膊说:"别走了,下去吧!"我真会惘惘然离开座位,中了催眠术似的跟在你的脚后。当然,你不知道我怎样想,我知道你一定不会来。

终于,机身微微颤动,终于,在轻轻一震之后,印在机窗玻璃上的航空大厦倾斜了。转眼间,由大厦顶层振翅而起的鸽子与我比肩同高,而巍巍的圆山大饭店迅速缩小。台北市变成一张精致的、复杂的沙盘。不容多看,窗玻璃忽然变成不透光的白板,那是云,神和人之间的帷幕。我骤然觉得肚脐一紧，脐下的小腹隐隐作痛，仿佛脐带未断，越拉越长，拉得我的肚子变形下垂，拉成了一条敏感的细弦，在寒冷的大气中裸露着。

　　我在飞机上一直有初期肾结石的感觉，飞机上供应的午餐、晚点，也都好像装进了我的盲肠。飞机朝着地球的另一边飞，无论飞得多快，我和你，还有你们之间连着血管，连着神经，越拉越紧，越拉越细，但是永不崩断。

　　我像风筝一样飘着，几乎以为飞机走不动了。

二

　　我要和你分享那些云。

　　我向来爱云。平时看云是仰起脸来看，此时是低下头来看；平时所见的云是平面的，此时所见的云是立体的，令我惊骇震撼。

　　我怎样向你描写那些云呢？在高空，视线是无限的辽阔，"界限""范围"全成了死字。由机腹下到无限远都是白花花坦荡荡的云层，它像海洋一样展开，比海洋更不可测量，像春耕之后被犁刀切开的土地那样有笔直的沟纹，奇怪的均匀，不可思议的长。这是云吗？不，它不是云，它是钟乳凝成的一个星球，飞机正贴近球面低飞，它是那样稳固，那样的坚硬，在混沌初开时偶然折成，此后即成永恒。如果飞机降落，它必能提供隆隆之声，而且不扬起一粒灰尘。

那球面太洁白，图案太整齐，令我怀念下面的大地。我离你已经远了，下面应该是万古千秋、水天相接的太平洋，那迟钝的大地、复杂的大地可也怀念我？那些池塘春草可有一个向我？那些园柳鸣禽可有一声唤我？这云却是完全冷漠、完全骄傲的样子，把喷气式客机当一只龌龊的蚂蚁。

这么说，你未必喜欢这无情的白云，宁愿爱那温软的、蒸发着淡香和微臭的大地。你无意来拥抱永久的冰雪，拒绝分担我的孤冷。

我想，一定如此。

三

飞机在黑海里沉浮了一整夜，天明，阳光把机身洗净、擦亮了。

向下看，地面平滑如板，画成整齐的方格，像童话书里的画境，有深深浅浅的色彩。下面有个湖，传说中夜明珠可以变湖，现在，湖水把阳光反射回来，还原成明珠。

飞机明显在逐渐降低，我可以看见无数缤纷的贝壳，并且能想象它们是万家百姓的屋顶，他们用不同的材料建造，漆上自己喜欢的颜色。我从未见过这样个性化的住宅区，空中小姐说，这就是洛杉矶。我想，这就是美式自由。

下面街道纵横，恍如迷宫。刚刚经历过天上的空旷、简单，有点儿惧怕人间的拥挤、杂乱。这就要"降落凡尘"了吗？我满心不甘。二十四小时的不着陆飞行，使我贪恋那种没有压力、没有挑战的生活。除了吃喝拉撒，隔绝一切尘缘的生活，把头靠在鹅黄色的枕头上凌云御风的生活，可以把湖看作一粒明珠、把住宅区看成一堆贝壳的生活。

我知道，只要飞机落进下面的方格里，只要我落进网里，这一切将成为无凭的春梦，再无痕迹。

下面的路那么多，我真不知该走那一条。着陆时，庞大的铁鸟如燕雀般轻盈，我的心蓦然一沉。这才觉得和你关山阻隔，远在天涯。再也不能像是在飞行途中，以为只要拨开云雾，我就可以看见你，你就可以看见我。

四

我们十一个人在台北结伴登机，画家和摄影家共十人，他们要到中南美旅行展览，我不是画家，跟他们结伴同游，为的是吸取一些国外的生活经验。他们给了我一个名义——"新闻采访"，并且夸大了我专业的背景。这也难怪，为了使团体受人重视，必须抬高每一个团员的身价，到了外面，这十一个人都有些虚胖，承担这个崭新的、临时的体重，就是每一个团员对团体做出了贡献。

这十位艺术家皆非等闲之辈，他们经营多年，美国是他们的第二洞窟，有些人在加州置下产业，入关以后，一个一个由成群的亲友簇拥而去，相约某日在旧金山集合，登机出发。我呢，有临时的居停主人，可以让我逗留几天。

洛杉矶是个大城市，它的"大"，对我毫无意义，只能守在八席大的一个房间里。九月，洛杉矶的空气比台北清新，教人鼻孔气管都舒服，它的空气对我也没有多大意义。居停主人是一对年轻的夫妇，来美多年，好客的传统仍在。不过他们很忙，黎明即起，煎鸡蛋、烤面包，乒乒乓乓，节奏很快。五分钟吞下早餐，开着车子去上班，晚上回来的时候已是万家灯火。他们哪里管得了我？后来知道，到朋友家做客要和主人一同做早点，各人烤各人的面包，各人煎各人的鸡蛋，自己吃自己做的那一份，主人出门以后，客人在家，要把杯盘菜锅洗干净，这才尽了做客人的本分。真惭愧，我吃的那份三明治还是主人做出来的！这件事对我很有意义，美式生活！我长了见识。

由台北动身，九月二十九号，在洛杉矶着陆，仍是九月二十九号。这就是所谓的"时差"，有些人不能适应"时差"，来美后必须昏睡一天，加以调节，我倒能完全保持清醒。想起林语堂的一篇文章，他说他住在英国的时候，一个英国人兴致勃勃地告诉他，铁路改善了设备，他每天往返可以节省十分钟，林氏反问："你用这省下来的十分钟干什么？"那人立时气短语塞。在大城市的小房间里，我想我赚了一天，我的生命多出了一天，我半是惊惧、半是兴奋地背诵《圣经》的金句："谁能使寿数增加一刻呢？"我应该怎样利用这难得的一天？将来，我能拿出什么来告诉人家："这是我在我的生命中多出来的那一天做的？"

在洛杉矶，如果没有人开着车子接你送你，你根本不能出门，但是美国电话无远弗届，十分方便。我们不是要到旧金山会合吗，何不提早前往呢？我在旧金山也有朋友。我拿起电话筒拨了一个电话号码。

"什么时候来的？"对方十分惊异，我出国没预先通知朋友，因为不知道是否一定成行。"打算长住还是短住？美国这个鬼地方只能观光，不能安家落户。你也许是骂我言行不符，我告诉你，只有久居美国的人才有资格劝人别来。"不容我插嘴，他说话比美国人说英语还要快。"现在是办公时间，我忙得要死，你的电话号码是多少？我晚上打给你，晚上电话费便宜。"

也是快节奏！

我又拨了一个电话，对方的语气倒是沉稳、恳切："你住在中国人家里，还是美国人家里？"我说是中国人。"那么最好少打电话，如果是美国人，你打了多少电话可以算钱给他；中国人就不同，给钱，不好意思，不要钱嘛，又难免心痛。"结论呢："你不是旅行吗？我这里大概是必经之地，你一定到我这住几天，见了面再谈。"要挂电话了，他又想起一句话非说不可："你一定来，来到我家以后电话尽管打，爱打到哪里就打到哪里。"

我不想再打电话了，电话铃却响起来——居然是找我。

这回轮到我惊讶了："你怎么知道这个号码？"对方大笑，说是没有点本领还能干新闻记者？笑完了，追问我在洛杉矶干什么。"我二十九号从台北出发，到洛杉矶还是二十九，我的生命多出来一天，我正在研究用这一天做什么。"对方又笑起来："别作诗！快到旧金山来！将来你回台北的时候要损失一天，你的生命会减少一天，上帝会把这一天再要回去，别以为你能占到什么便宜，除非你从此不回去了。现在别管那些，你不必待在洛杉矶！你要用你多出来的这一天，从洛杉矶飞到旧金山！"

五

　　居停主人立即为我做了安排。他先替我订好机票，再替我订一辆出租汽车。雇车要头一天预订，要在动身前两小时再打电话确定，要在动身前十五分钟证实车已出门，我提着行李到路旁等候会合，经营筹划，郑重其事。

　　这天天气好极了，洛杉矶的初秋十分美丽，站在路旁等车时觉得舒适愉快。主人说，今天前来服务的司机是他特意为我挑选的，中国人，能说流畅的中国话，热心、诚实，只是有一样，不能替乘客拿行李。

　　为什么？因为他下肢麻痹。

　　朋友说，这是他的缺点，也是他的优点。一个下肢麻痹的司机当然不会抢劫钱财，也不至于调戏妇女，所以把新来美国的朋友，尤其是女眷，交给这位司机，彼此都不必提心吊胆，接着他举了许多例子，说明洛杉矶机场的出租车司机如何欺生、排外，对刚下飞机的外国人作恶多端。

　　主人又补充一句："司机替你拿行李，你得多给小费，所以，通常都是自己动手。"

　　时间算准，转眼车到，端详那位司机，天庭饱满，目光清朗，一点沮丧、挫败的神色也没有，说话响亮清晰，对人有善意，对自己也有信心，我简直不能相信他有那么严重的残疾。

　　一路上，他告诉我洛杉矶是个什么样的城，我是由这个城的哪一部分到哪一部分去，我们路上经过的是什么样的地段。他问明了我乘坐的飞机属于哪家公司，告诉我应该在几号口登机。他大致介绍机场大厦的平面，顺便告诉我厕所在什么地方，这对我有很大的帮助。他还说，最近谣传有人准备劫机，所以机场对旅客的行李检查从严。"不过，检查人员一向认为中国人不干那种事"。

　　劫机，我没想过劫机，台北机场不动声色，不料洛杉矶比台北紧张。1976 年，巴勒斯坦人民阵线的成员伪装乘客，劫持法国航空公司的一架客机；1977 年，德国的极端激进组织劫持德国航空公司的一架客机，日本的极端激进组织劫持马来西亚航空公司的一架客机；现在是 1978 年。

　　他，这位司机朋友准备了许多小卡片，每一张卡片上写着一个问题，例如，"某某公司的某号班机改在什么时候起飞？""我应该从哪个门口出去？""你能不能替我打个由对方付费的电话？"卡片的一面是英文，一面用中文。如果乘客需要这种卡片，他免费奉送一套。不会说英语的人有了这套卡片，可以不至于变成机场里的无头苍蝇。这几年，到洛杉矶来的中国人年年增加，有些人不会英语，亲友忙于工作未必能形影不离，碰上这样的司机也是幸运。

　　听谈吐，他受过的教育不低。问他，他爽快地承认在美国读过一个学位。"为什么不回国去学以致用呢？"我大惑不解。

"如果我有腿有脚，早已回去了。我想过，美国这个社会对我比较合适，他们不歧视残障的人，他们在立法的时候想到给我方便，我比较容易维护自尊。回去嘛，就难说了。我不是不想，是不敢。"

"你可以回去为残障的人争取地位、争权利。"

"你说的那种人是英雄。英雄应该回去，庸人还是留下偷点儿懒、享点儿现成的吧。"

他相信中国会进步，有一天也会善待一切残障的人。"到那时候，恐怕我也老了。好日子留给年轻人吧。"

这是我出国以后遇见的第一个难忘的人物，我告诉你有这么一个人，比告诉你旧金山有一座金门大桥有意义。我不知道你能不能了解他，而他，显然希望得到别人的了解。

登机前，他们仔细检查了我的箱子，我的箱子很大，里面装满了小礼物，有经验的人一看就知道我是第一次出国，美国风习并不期待收到这种礼物，收下礼物以后也不会放在心上。检查人员特别注意到我的照相机，亲手操作一遍。箱子里有两个铅球，健身器材，握在手心里团团转用的，这玩意儿不能带上飞机。我说丢掉吧，我不要了。不要了也不行，郑重地办了手续，寄存在他们那里，等我以后去取。

登机坐定，我有几分担忧，如果有人想劫持这架飞机，刚才那几个检查员堵不住，挡不了，他们年纪太轻，训练也不够。

六

行色匆匆，什么也无暇细看，倒是观察身旁的美国人绰有余裕。我从来没有见过这么多的外国人，平时在国内，只接触三两个传教士或留学生，现在，触目尽是"非我族类"。

美国人，我的意思是美国的白种人，再缩小范围，欧洲来的白种人，大都高大整洁，奕奕有神，他们的额角、鼻梁、人中、额骨、耳轮，大都近乎中国人相书上的贵格。相法是中国人家喻户晓的一门学问，也是他们处事待人的秘密指针，大体上说，中国人遇见了"非池中物"，照例尽量礼让，不敢得罪。白种人这副"贵相"，或者可以列为中国百姓媚外的一个原因。

你大概要批评我有人种的偏见，有民族的自卑感。但是，容我分辩，我没有说他们全体真正优秀。

七

　　人到旧金山仍然住在郊区，大天空之下，大草坪之上，小楼、小院，小狗、小猫，让红尘中人明白什么是疲倦。朋友开车载我入市区巡视繁华，一日看尽。我们从金门大桥上驶过，朋友说有一个油漆工人，他的终生工作就是油漆这座大桥。我们从九曲花街驶过，令人称道的不是鲜花，而是这条街是个陡坡，有八个急转弯，居然不出车祸。

　　我们去看了一家博物馆，院子大，房子大，展出来的雕塑也很大，展品和展品之间的距离也不小，美式大手笔使我惊疑不定，既觉得他们浪费空间，又觉得台北的博物院展品太拥挤了。求新求变，雕塑常常先走一步，这里展出的作品很前卫，一尊头像，面目姣好，雕塑家以鼻梁为中线，把半张脸削平了，这就骇人一跳，幸亏还有半边脸表情正常，若无其事，营造了梦一般的氛围，这不是真的，这是我一时的幻觉，我还不至于逃到户外。纽约的自由女神，雕塑家照样复制了，加上创意，女神只有她的头还戴着冠冕，一只手还举着火炬，身体全封在一块很大的立方铜里，永远的禁锢、残酷的禁锢、彻底的颠覆，忽然觉得美国已经"国将不国"了。艺术创新好像很容易，只要你敢反其道而行，可以造成震撼，可是美感呢？当年台北有位教授说现代艺术使人痛苦，马上有人追加一句：你痛苦，是因为有人强迫你进步。

　　我也看见游民，想不到这也是旧金山的名产。这些人游荡街头，乞讨维生，夜晚睡在各公司门口的水泥地上，地面平坦清洁，下小雨淋不着，下大雨、蜷曲在门旁墙角也勉强可以挨过。这些游民是哪里来的呢？原来美国人的家庭经济一点弹性也没有，房子、车子、冰箱、洗衣机都是分期付款，每个月领到薪水，一笔一笔寄出去，剩下的勉强度日，没有储蓄，媒体也说出许多大小道理鼓励消费。美国人不能失业，一旦领不到薪水，分期付款付不出去，房子车子人家要收回，电灯电话自来水要剪线封管，你就扫地出门了。英文称这些人是无家可归者，其实也有游民家庭，全家都是游民，夫妇带着三岁五岁的孩子，我们的车经过他们面前颠簸了一下，好像谁打了个寒噤。

　　我看见这里那里都有情侣站在马路旁边拥抱接吻。美国风习，接吻可以是一种礼仪，也可以是情欲，"礼仪的吻"只是向对方的脸颊或嘴唇"啄"一下，迅速离开，情欲之吻跷起脚跟、贴紧胸膛、撕咬嘴唇、纠缠舌头，不计时间，一如我在马路旁边见所未见。我纳闷，怎么可以把接吻当作社交礼仪呢？有学问的人说过，嘴唇也是一种性器官，退一步也是有性敏感的器官。且休说它。情欲的举动为何不在个人的私密空间举行呢？怎么说也得花前月下，能见度低一些才好。有学问的人说，这是青年人的反抗精神，他们如此这般昭示他们的权利，我纳闷，在旧金山这样的地方，又有谁打压了他们的这种权利呢？

当年有人讲过一个美国笑话：情郎要坐火车远行，女孩到车站送行，车进站，两人吻别，一时难分难解，火车不会等他们，径自出站去了，这一对小情侣只好等下一班车。下一班车进站，两人再度吻别，不知不觉又超过了时间，眼看火车出站，只好再等下一班车。美丽的错误一再重演，火车站的站务人员看在眼里，跑过来提醒这对小情侣："你们还是到巴士总站去吧，那里的车一分钟一班！"

从这个小故事看，当年美国风气比现在保守，情侣若要在公开的场合拥吻，还是得有众人都能接受的理由。现在已经完全用不着了。想想看，马路中间是快车道，快车道旁边是慢车道，慢车道旁边是人行道，人行道旁边是商店的私人产业，这些地方都不能当作情侣表演的舞台。幸而马路旁边有些地段允许停车，有些情侣就站在两辆汽车的缝隙中忘其所以，那点缝隙多么狭窄，真是仅可容膝！丘比特遥遥望见了，恐怕要摇头叹息："太没有情调了，糟蹋了我一根金箭！"

这些我都看见了，这时我才觉得真正来过美国，我对美国有许多印象，好莱坞电影中的美国，美国新闻处小册子里的美国，传教士茶饭之余的美国，体制外政治运动家窃窃私议中的美国，那时我对美国有自己的想象。现在我来了，我看见了，我有些失望。

　　我要求去吃闻名已久的汉堡，朋友说，应该译为"汉饱"，那种叫"大麦克"的汉堡热量极高，要一条汉子才吃得下，无论什么样子的好汉都可以吃得饱。然后去吃我所不知道的比萨，朋友说应该译为"皮炸"，这是意大利人模仿中国的烧饼研发出来的食品，模样像一张皮，贴近热锅的一面有烙痕。吃汉堡还有茶或咖啡，比萨店只有冷饮，朋友特别为我点了一杯热牛奶，他说全店的人都知道有个中国人来了，进店要热开水是中国旅客的特征。朋友见我吞咽汉堡和比萨面无难色，就说"没问题，你在美国活得下去"，他说还得加上一项本事，不忌生冷，中国人怕生冷因为生冷带病菌，美国的饮料都经过了低温杀菌。真的吗？我对汉堡、比萨、冷牛奶也失望。

八

　　我们穿过唐人街，美国第一个唐人街，美国最大的唐人街，朋友指点一座三层楼房，孙中山先生当年在这里指挥同盟会推动中国革命。看见牌楼、宫灯、红门、绿瓦、金龙，中国人极力表现他的文化特色。也看见一家挨一家的中餐馆，飘出满街特别的气味，你对这种气味有多少爱，就代表你有多少乡愁。

旧金山的唐人街，一派中国当年小城小镇的韵味。任何一个有流浪经验的人都明白"人离乡贱"，能在人家的土地上盖房子、养儿女、结党成群、独霸一方，倒也真不容易。遥想当年中国人初到加州，累死多少人、病死多少人，被排华的恶霸吊死了多少。今天唐人街有这么一个小康局面，给后来的中国移民做桥头堡，佩服他们！悼念他们！

我到旧金山时，美国少数民族"寻根"的热潮尚未停息。寻根运动以美国黑人为主流，黑人的前身是黑奴，因之寻根不能不挖掘白人的罪恶。流风所被，当年华工的痛史也成为报纸杂志热门的话题，百无禁忌，学者研究白人当年造下的恶业，著书立说，可以向联邦政府申请经费！美国的言论自由还真有其独到之处。

但是唐人街的反应十分冷静，看不出一点"情绪化"的迹象。我和一位老华侨谈起"寻根"，他说："只要以后混得下去，以前的事何必多提？"我提醒他，美国报纸上有人为中国人仗义执言，中国人岂能无动于衷！这位饱经世故的老人拉长了脸说："打抱不平的人多半靠不住。"我肃然起敬，恭维他老人家的见解与众不同。他索性说："美国人排华，是想把中国人赶回去，中国人尽管吃尽苦头，却始终留在美国，为什么？因为回去的日子未必好过！"我向他介绍另外一种观点，有人认为反正要吃苦，宁可回去受苦受累，和那些有志之士一同建设自己国家。这位老人很诧异："你说什么，我听不懂。"

也许这位老华侨只是发发自己的牢骚，也许他的话能代表多数华侨的心声，我应该听，我是"随行访问"嘛！我很想多找几个人谈谈，可惜现在没有时间。

九

朋友要我扮演鉴定字画的专家。我问他："谁说我是专家？"他说："我说你是。"

我想看看那犹太人的收藏，就大着胆子去了。一进入所谓犹太区立时气象不同，每家门前的青草长得肥美、剪得整齐，这是家宅兴旺；路上没有落叶、疤痕、坑洞，长街如洗，这是地区公共服务很好。大概朋友为我吹嘘过，犹太人收藏家正在门外迎候，他追问："这次鉴定是否免费？"我的朋友冷冷地回答一句："这个问题你早已问过了。"

升堂之后，主人主动问要不要咖啡？我不知道"问客杀鸡"是美国的习俗，暗笑他小气，索性告诉他："不必，谢谢。"咖啡也就果然不来了。

他让我看他的瓷器，都是廉价的日本瓷，我还是摩挲过、审视过，才说出答案来。他又请我看画，都是通俗的日本画，我也摆出架势，站在三厘米以外看，把眼镜取下来贴近纸面看。他似乎认为中国画优于日本画，中国瓷优于日本瓷，脸上有失望的表情，颇不甘心地问我："日本画和中国画到底有什么区分？"我说："日本人、中国人，在你看来也许一样，但是我能分辨得很清楚；犹太人、盎格鲁-撒克逊人，在我们看来也许一样，你却分辨得很清楚。"那犹太人似乎茅塞顿开，对我的朋友说："果然是专家！"

他确定了我的"专家"身份之后，从内室里拿出他的一件收藏品来，一块木牌——一张中国祠堂里的神主排位，死者是清朝百姓，没有任何衔名，木质细致、雕刻工整、油漆考究、焕然一新，看来是一家暴发户崇功报德、光大门庭的制作，子孙不肖，大概这一家败落得很快，祖先灵位这么快就"流落成旧金山的垃圾"。主人不给我感慨的时间，一再问它有多少年的历史、值多少钱的身价。这件东西一文不值，可是我心里一酸，口里说的是："对不起，我看不出来。"

这是我在旧金山最后的"活动"，明天一早又要坐在飞机上了。

（选自《海水天涯中国人》）

看不透的城市

纽约太大、太复杂，看不完，也看不透。纽约市人才荟萃，也人种荟萃；在地下车的长凳上并排而坐的，往往是一个黑人、一个犹太人、一个盎格鲁–撒克逊人、一个日本人、一个拉丁美洲人。在曼哈顿几个著名的广场上，常常麇集着许多人休息谈天，你从其间穿过时，可以听见日语、英语、西班牙语、俄语以及什么语，脚下每走几步耳畔就换一种语言。

纽约到底有多少种人？公共场所有一张海报，上面写着："你觉得受到歧视吗？请打电话到×××××× 。"这么简单一句话，用了二十多种文字反复地写满一大张，乍看整个海报是一张怪异的图案。一个城市要用二十多种文字来"俾众周知"，岂不是太大、太复杂了？

我曾经问过一位老纽约人："纽约所没有的是哪一个种族的人口？"他沉思一下亦庄亦谐地简答："台湾的高山族。"

有一段日子，我每天清早经过时报广场公交车总站，那正是"纽约客"去上班的时间，多少人坐地铁、公共汽车在此集散，偌大一层楼竟然挤得水泄不通，比咱们的庙会有过之无不及，各种肤色、各种服饰、各种气味、各种眼色，林林总总，观之不足。在排山倒海的人种潮压力之下我忽然眩惑了：这些人从哪儿来的呢？

为什么要来？还回去不回去？他们后悔了没有？他们真的是随着流星一同诞生的吗？……每个人、每个家庭，总是藏着一个动人的故事吧！除了上帝，谁又能读遍这些故事呢？

有一段日子，我经常在下班时分穿过世界贸易中心大楼，那也是交通要隘，单单两座大楼里的办公人员就不可胜数。这样子的纽约人能在世贸大楼里有一张办公桌，已在某种程度上出乎其类，所以履声襟影自成水准，不似时报广场之鱼龙混杂。我常站在一家服装店转角处看这静静的人流，默数其中有多少东方人、多少黑人、多少拉丁美洲人、多少斯拉夫人。那里的人似乎有个习惯：下班后喝一杯再回家，只见几个餐室酒馆全坐满了；屋子里坐不下，座位延伸到屋子外面来。一样水晶般的玻璃杯，每个人面前却盛着不同的颜色、散放着不同的香气。我在别的餐室里看见美国人……尤其是衣履光洁、神采奕奕的美国人，谈话总是压低了声音，独有此处此时，人声一片嘈嘈、一片嗡嗡，每个人的声音都提得很高，可又不特别比人家高；大家像排练过似的，同时发出一种彼此差不多的高音，混合成一阵难分难解的声音旋风，把所有的人气、酒气、脂粉香气都裹在里面。他们用了多少种语言？那里面的含义，也许只有上帝才听得明白吧？

在纽约，这么多历史背景不同、文化思想也不同的人杂居在一起，总难免有些问题的吧！我曾经和一个日本人、一个韩国人、一个美国人共事，大家彼此"熟不拘礼"，说话就比较随便了。有一天那韩国同事对美国人说他很讨厌日本人，那日本同事恰巧从外面回来听见了，勃然色变，质问他有何理由讨厌日本人？两人激烈争吵，升高到相约到外动武的程度。自然，这种冲突是有办法平息的，只是那美国青年大惑不解，他说："如果有人说他讨厌美国人，我不会同他打架。"

有些麻烦出在学校里。我的孩子在高中读书，他们班上有从许多国家来的交换学生。起初孩子们都是好朋友，可是苏联忽然挥兵侵入阿富汗，那由阿富汗来的少年立即与莫斯科来的同学绝交。上历史课的时候，读课本读到波兰被列强瓜分，由伦敦、由柏林、由莫斯科来的学生都表示异议，说他们的国家一向是帮助波兰的。历史老师问那由波兰来的孩子有何意见，他茫然表示在国内从没听说过这件事。老师赶快说："翻到下一章。波兰的问题，你们留到大学里去解决吧。"

但是，各民族的人仍有其共同相通的地方。我常常告诉人家澳洲一位参议员的夫人回答过一个什么样的问题。那是很久很久以前的事了，我在广播电台制作节目，这位夫人环游世界后经过台北，我拟了几个问题，把她请到广播电台里来，由王玫小姐发问，在场担任口译的，是后来声名鼎盛的熊玠博士。有一个问题是："您这次遍游世界各地，观察了各民族不同生活方式，有哪些事情给您留下最深刻的印象？"我的本意是希望她谈一点奇风异俗，谁知这位夫人不同凡俗，她说："我不注意他们不同的地方，我注意他们相同的地方。我发现，不论是哪个民族，他们做父母的都爱孩子，他们做妻子的都爱丈夫，他们希望他们所爱的人幸福，因此，他们都希望家庭生活改善、子女上进，希望世界安定和平。"这番话我至今不忘，而且多年来反复引述。在纽约，我们可以具体而微地看见这种共同的愿望，我想，正是这种共同的愿望，把不同肤色、不同历史背景、不同文化意识的人结合成一个大纽约。

纽约有那么多摩天大楼，有和大楼一样多的资本家，但是纽约也有数不清的平凡微小然而知足的人，他们只要自己能按时领到薪水，只要子女能按时摄取足够的蛋白质和维生素。这两个"只要"在纽约是理所当然的不成问题，但是在世界上有些地方可不行。我认识一个人，他从物质十分匮乏的地方来到纽约，头一次进超级市场时魂魄几乎出窍，怎么有这么多可以吃的东西！他说一天吃一种，这辈子也吃不完！接着他发现怎么有这么多的学校！这么多的图书馆！这么多"事求人"的广告！

不错，纽约也有那么多不良帮派、那么多色情电影和大麻烟，但是，他知道那是他必冒的风险，任何事情都有风险是不是？如果他牢守故园，不是也有许多风险要冒吗？胜算不是比在纽约还要小吗？……我敢说，这个人的想法是有代表性的，"非我族类"，其心约略相同。它正是纽约无形的"纽"，纽约人无声的"约"。

有时候我会多想一些。"人活着不是单靠食物"，纽约之"纽"、纽约之"约"，应该在牛奶面包、失业保险之上还有抽象的一个层次。每个民族都有他们"地维赖以立，天柱赖以尊"的东西；可是他们来到纽约，那些东西全得丢开，或者只能关起门来当作个人隐私办理，一旦放之五岛（纽约由五个岛屿构成）即难免发生"你为什么不喜欢日本人"以及"波兰究竟被瓜分过没有"之类的困惑，有解"纽"毁"约"之虞。究竟有没有各色人等都能信奉的共同上帝呢？如果没有，此纽此约岂非太脆弱了？

纽约太大、太复杂，我实在看不透。

（选自《海水天涯中国人》）

崔门三记

转学记

星期一，一周复始，诸事更新。老崔且不管满屋子高高低低，东倒西歪的行李杂物，急忙带儿子去办入学的手续。虽说孩子小，才四年级，可是"勤有功，戏无益"的古训放之太平洋两岸而皆准。

学校四面围着黑色的铁栏杆，栏杆里面是一片草地，草地中央是高高的台阶，虽是小学却甚有气派。大门好厚，单是外表钉上去的一层铜皮就不薄，难得孩子能推开。墙壁也是加厚了的，这要进门才感觉得出来，一种密封的，谨慎收藏，和外界有效隔绝的感觉，只有古堡或银行的保险库才会给你。老崔祷念，但愿儿子进了宝库就变成宝。

校长是四十来岁的绅士，他长得好干净，整洁的习惯简直与生俱来。他对人的态度又文静又热心，文静的人怎么能热心，他就能，若不是这两种气质调和了，家长会操实权的几位太太怎会同意选他当校长。唉！他还有别的优点呢，他又敏捷又细心，不消两分钟就看完了老崔提供的文件（老崔简直疑心他根本没有看），也发现眼前这个由中国来的家长只能说些破碎的英语，就通知秘书用电话叫人。老崔暗忖：人家说入学手续简单易办，并不需要讨论交涉，现在……老崔坐在校长室里听壁上的电钟那有顿挫、咳嗽一般的声音，很窘，可以说有些羞愧。

　　幸而不大工夫，校长要找的人来了，是一位女教师，竟是中国人，竟能说标准的中国话！老崔立刻血液畅通，呼吸均匀自然，并且怎样也无法湮灭一脸的笑意。女老师不年轻了，鱼尾纹很深，水晶体也不像水晶那么清澈，但她依然活泼，依然反应很快，依然对人无猜，她知道她在退休之前不能丧失这些品质。她先跟校长谈话，然后对老崔：“我姓孔，是这里的双语教师。看转学证明书，你的孩子刚刚读完四年级，转到本校来读五年级，可是看孩子的年龄，他该读六年级才是。孩子的出生年月日，你没写错吧？”马上查对一遍，没错。

　　“这里的小学是按年龄编班的，校长认为你的孩子读六年级比较相宜，不过这件事要由你决定。”老崔问：“老师！我的孩子是不是由你来教？”老师颔首。“老师！我也不知道孩子读几年级好，请你决定好不好？”老师把眼睁圆了：“我不能替你决定。”当机立断，十分锋利，到底是饱经世故了。

　　墙上的挂钟又咳嗽起来。片刻时间，老崔想到许多事：自己怎么没好好的学英语呢？当年每天念十个生字，夜晚躺在床上数生字如数拾来的银圆，做梦也甜。不幸换了教师，左一篇补充教材，右一篇课外读物，数的人辛苦，他这个学的人金山银山塌下来压在底下，瞎了也聋了，债多不愁，虱多不痒，索性在上英文课的时候看起武侠小说来。想起英文，起初是急，后来是羞惭，最后是麻木。肥料上得太多，花是会死的呀。儿子的英文在"牙牙学语"阶段，他恨不得儿子能从幼儿园读起，怎敢马上插班进六年级，贪多嚼不烂？儿子将来是龙是虫，，分别又岂在这一年半载？

念头一闪，像坐在自动换片的幻灯放映机后面，几乎可以听见咔嚓的声音，眼前另是一番风景。一个高大的老美，从朋友家中告辞出来，朋友劝他"再喝一杯咖啡上路"，他站在门里望着门外，举起咖啡杯饮尽。就这么"盏茶工夫"，他眼睁睁看见前面一辆车停下来，车门打开，驾驶人探身伸手从马路上拾起一个帆布口袋曳进车内。第二天，新闻报道说，那个口袋里装的是现钞，共有一百多万美元。不知怎么，银行运钞车的后门开了，装钞票的袋子滚下来，坐在前座的驾驶和警卫都懵然。这多喝了一杯咖啡的老美连声叫苦，叫得电视记者都听见了，他说若非多费了"盏茶工夫"，那袋钞票应该在他的车上。

他心想儿子若读五年级，大学毕业要晚一年，结婚，就业，大概也都要晚一年，他会因此错过一些什么机缘？若是读六年级，诸事提早一年，他又会赶上哪些偶然？当年，老崔的上司所以发迹，是娶了一个有钱的太太，他能够认识她，是因为换乘另一班飞机。硬是把星期五的票退了，改成星期三，而她在星期三的这班飞机上！当然也有早搭一班飞机不幸赶上空难的。

老华侨当年来得早，赶上种族压迫，岂仅是歧视，应该说压迫才对。可怜那些血泪！现在好多了，不过种族歧视还在，尤其是美国孩子，不懂忍耐和伪装，难免欺负中国孩子。中国孩子都是小不点儿，十岁的美国孩子和十四岁的中国孩子站在一起，竟是一般高！照规定，六岁以下的孩童坐公共汽车可以不买票，有些中国孩子到了八岁九岁还在享受这项优待，司机实在看不出他实际上有多大。坐车固然占便宜，跟同年龄的人一块儿打打闹闹，争争抢抢可就不行了。何况有些美国孩子出手很重，野性十足！如果让孩子读五年级，他比同班的孩子略大一点儿，总要多一点儿力气，多一点儿经验，总可以少吃一丁点儿亏，他在家里也可以少担一丁点儿忧。是不是？你说是不是？

壁钟只轻轻咳嗽了几下，老崔就想了这么多，人的思想到底有多快？情势迁延不得，于是奋勇地说出来："五年级！"女老师立刻在文件上写了个字，孩子的终身就这样定了。"跟我来！"老师向孩子招手，孩子惊疑地望着父亲，父亲站起来："老师，一切拜托了！"恨不得照中国古礼教孩子跪下来磕一个头。阿弥陀佛！爷儿俩又瞎又聋，幸而遇见引路的！老师连忙说："这里的规矩，家长是不能随便走动的，你回家吧。"

老崔这个做父亲的脑子里一直说：孩子，勇敢一些！上楼吧！教室在楼上！别像你初入幼儿园的那天，紧紧拉着我不放，要我站在教室窗外，你才不哭。什么专家说过，把初生的婴儿丢进水中，他自己会游泳，我现在是把你丢在游泳池里了，孩子！好自为之吧！

其实孩子早已跟着老师走开了，老崔怔了半天才接受这个事实。走到街上，艳阳把整座小镇照个透明。老崔这时真的相信举头三尺有神明，上帝保佑，让孩子读五年级，这个决定没有错！

命名记

老崔的孩子叫崔侠。"侠"是一个很俊的字。"是不是侠义的侠？"别人一听就能领会。不幸进了美国的小学教室，这个字出了毛病。"这是你们的新同学，他姓崔，叫侠"，老师这么一介绍，三十多个学生哄堂大笑，把崔侠笑傻了。老师连忙声明，刚才那个"侠"字，是用英文发音的方法念英文拼写出来的"侠"。她现在把中文正确的读音介绍给大家。"侠"，这才是真正的侠，并非变体，未曾走样。虽然如此，孩子们不知轻重，依然有一声没一声地诵念：shit！ shit！老师大声说："你们叫他'崔'好了。"又轻轻地对崔侠说："有没有英文名字？我是指真正的英文名字，不是用英文字母把中文的音拼出来。你的同学都有个英文名字，你也得有一个，才容易跟他们做朋友。"

放学回家，把这层意思告诉父亲。老崔恍然大悟："侠"的英文读音，听来好像是shit！而shit是粪便。好生美丽浪漫的"侠"，怎么会跟这般不堪的东西换位，简直是橘逾淮而为荆棘了。儿子的事，哪一件不在他心中经过千回万转，此处有失却是没有虑到。心中闷闷，不便对儿子说明，只得默然。倒是孩子，上学第一天有很多新鲜事儿。"爸，咱们姓崔，怎么来到美国，变了？老师说了好几遍我姓'揣唉'。揣唉跟崔有什么关系？"老崔一听，孩子的自尊心在动摇，得赶快伸手扶住。"北方姓王的人，到了广东就变成姓黄，广东人黄王不分。中国地方大，走远了，字音会变。你想想中国美国隔着半个地球呢！不过崔还是崔，没有关系！"老崔寻思：名字关系很大，"命"字有八笔，姓名是其中一画。shit这个音极讨厌，"揣唉"也不成体统。儿子得有个英文名字，这个名字相当于从前的学名，起学名是老师的权利，这回她大概不会推辞了。就算她不干，也得等她拒绝之后再想别的办法，这是礼貌，礼多人不怪。这一晚越想越妥当，第二天上午装了个红包，直奔学校。

　　孩子的老师居然是个不容易见到的人物。左等右等，她一路小碎步跑过来："什么事？下课时间只有五分钟，已经过去一分半了。"乖乖，一串爆竹点着了，节奏也不过如此，昨晚揣摩设计的一套起承转合哪里用得上？赶紧说明来意，费时三十秒，双手捧出红包，十秒。"哎哟，崔先生，你怎么还来这一套？"礼多惹人怪，不过，怪得柔和，体谅。"在美国，老师不能给学生起名字。起名字是你们自己的事，老师管不着，美国总统也管不着。"二十秒。老崔伸出去的手怎生收得回来，那红包好重，捧着好吃力。秘书小姐打字的手停下来，清洁工人关掉吸尘器，还有警卫，都聚精会神看这一幕戏。

　　又是二十秒。孔老师到底不是才出道的妮子，她想了一想，伸手去取红包，却又停在空中五指半张半合，目光却扫视观众，为介绍中国文化而做了一分钟演说。她说，红包代表幸运和祝福，处理红包的方式乃是把钱抽出来归还，把空空的封套留下。话犹未了，她尖尖的手指早把红色的封套倒提起来，钞票像一条小鱼滑出来，钻进了老崔的掌中，没有水声，只有轻微的震动。孔老师还能享受这种震动，比美在音乐会上捉住了乐声。到底她还是个中国人。最后，孔老师捏着空空的封套，捏得它张开了大口，朝着地面呕吐，却没有任何东西可以吐出来。她几乎拿封套当酒杯，对着同席的人照了又照，表示这杯酒确已干了。三个观众在最恰当的时候，以最恰当的力气鼓了掌，又是三十秒。她看表，还有三十秒，就向观众们招招手，一路小碎步上楼去了。

好吧，老师不管，美国总统也不管，咱们靠自己。自然，爷儿俩得商量一下，洋名字千奇百怪，得孩子能接受才行。下午三点，该放学了。出门去接儿子回家，校里校外，前街后街，萝卜头儿满地滚，没有自己园里种的那一棵。想跟那些孩子打听一下，却无法启齿。总不能问："你看见我的儿子没有？"你的儿子叫什么？人迹渐稀，咣啷一声校门上了锁，老崔赶紧挨近门口倾耳细听，孩子要是锁在里头了，他会喊叫，是不是？空屋静如古墓。

那么，多半是，孩子从另一条路回家去了，此时正坐在门前石阶上等他回去开锁。于是借机会来一段慢跑。自己的家在望，绕着房子跑一圈，前门只见蝴蝶，后门石阶上只有松鼠。灵机一动，朝大道跑去，那里四通八达，视野开阔，不管孩子从哪个方向来，老远可以看见。如保赤子，心诚求之，所料果然不差，孩子在两条街之外，正在向回家的方向走；有伴同行。虽不能说失而复得，老崔此时望见儿子，内心特别喜悦，觉得儿子如在地平线外冉冉升起，脚不沾地。觉得儿子在阳光镂刻下身体发肤无不精致。觉得他翩翩如恋枝之蝶，依依如觅食的松鼠。

他根本不会注意孩子身旁还有个小不点儿，直到孩子介绍："爸，他叫林肯。"林肯？好家伙，志气不小，身为人父，不可忽略孩子的朋友。"嘿，林肯！"林肯没理他，只顾一个劲儿嚼口香糖，没听说林肯总统当年如此喜欢吃糖。这个小林肯从脖子到头顶从指甲到臂弯都脏得腻人。"你们到哪里去了？"老崔问孩子。"林肯要我跟他一块去超级市场。""你们这么小，进超级市场干什么？""林肯想吃糖，要我买给他。我没带钱。我们在货架中间钻进钻出，很好玩。林肯偷偷地拿了两块糖含在嘴里，我没拿。"孩子看见父亲的怒容，连忙补一句"我没拿"。

老崔没好气地说："跟我回家"！孩子跟林肯说再见。"不要跟他再见！以后不要跟他在一起！"林肯偷糖吃！名字好有什么用！老崔生了一阵闷气，想到连偷糖吃的人都有个好名字，就对孩子说："你把电话簿拿来！"一面翻看人名，一面自忖：最好不要跟同班同学的名字雷同才好。"你们班上的同学都叫什么名字？你喜欢谁的名字？"孩子说："一个叫亚当。"又是一个小偷！一个偷吃苹果的。怎么给孩子叫这个，想让自己的儿子做天下人的祖宗，这种父母真刁透了。"有一个叫华盛顿的！"华盛顿、林肯，都只有让他们美国人自己去用，若是由咱们喧宾夺主，怎么好意思。有叫尼尔的，有叫大卫的，一看就知道是蛮夷之邦，缺舌之人，罢了！

孩子知道父亲要做什么，坐在地毯上，倚着爸的小腿，一只手放在爸的膝盖上仰脸望爸的脸。小手掌的温软一直传到老崔的心窝，真得取个最好的英文名字，才配得上这么乖的小男孩！很多人叫马可，收音太短促，没有后劲，使中国人有不祥的预感。居然有很多人叫马恩穆，其音浊，其运乖？亚瑟曾经是名将和君王的名字，可惜它的发音实际上是"阿子儿"，近乎轻佻。马马虎虎取名字的人何其多耶！"阿麻"，谐近"阿妈"，岂可以做男人一生的符号？有了，老崔一拍大腿，抓起孩子的小手来，摇个不停。"我给你找到了一个好名字。几乎踏破铁鞋。听着，记着，你叫爱德华。爱德华，既爱道德，又爱中华。德华，'爱'这种德行，在中华文化里最完备。爱德华，爱中华才是有德之人。你就叫这个名字吧！"

第二天一大早，老崔特地牵着孩子的手，通知校长和教师就说爱德华来了。校长正像个牧人似的。站在大门口，微笑检视羊群入圈。"嘿，揣唉，你早！"老崔连忙说明，从今天起，孩子叫爱德华了。校长毫无必要地夸大了他的惊喜。"噢！太好了，这是我祖父的名字！"这一来，老崔反而腼腆起来。怎么说也是一校之长，别人的孩子犯了他祖父的名讳，他高兴个什么劲儿？

流血记

老崔望见小侠（他现在叫爱德华了）放学回家，连忙从冰箱里端出小侠最爱吃的冰激凌来，可是小侠望也没望一眼，进卧房去倒头便睡。老崔追到床边，拉着儿子的手问怎么了，回答是头疼。手掌按在儿子额上，没发烧，心情一松，笑了。怎么会痛起来的？"林肯推我，我的头撞到墙了。"老崔的心弦立刻拉紧，捧着小侠的头摸摸看看，没看出什么问题来，孩子却不耐烦了。孩子哪知道他父亲呆坐床边化成一具吃角子赌博的机器，哗哗啦啦吐出来脑震荡、昏迷、白痴、破伤风，一大堆恐怖。

美国大都市是个可怕的地方，他听到过许多行为粗暴的故事。他的下意识里有个问号：那样的事情会不会发生在小侠身上？难道，现在有了讯号？定了定神，央告儿子坐起，就着窗口，拨开一头茂密的黑发，像古董商看花瓶似的，转着圈儿看个没完。小侠索性看电视去。似乎不要紧，但是这种事情断乎不能再发生一次。

这夜，老崔翻来覆去，隔不多大会儿就去摸小侠的热烘烘的似乎有棱有角的头，他总觉得这一夜小侠睡得特别昏沉。崔氏三代单传的好头颅，可不能有差池，这头脑要分成许多方格，一格装中文，一格装英文，一格装德文，最怕隔间的地方震垮了，所有的东西变成大统舱里一锅粥。

黎明，闹钟响了，孩子一骨碌起床，行动和往常一样，老崔看在眼里，觉得这就是裹创再战了。早餐桌上，老崔咬的不是面包而是卡片，上面写着格言：一张"防微杜渐"，一张"履霜坚冰至"，一张"当断不断，反受其乱。"这一餐的滋味的确味同嚼纸。他决定花五十块美金请个翻译，去和校长一谈。翻译社派来一个小女孩，瘦伶仃的，她敲开门，却不进去，大动作挥肘看表。"现在十点，我的工作从这个时候算起。"不坐，不喝茶，也不客套。她也大学毕业了，只是身材小，在美国看中国女孩向来不成比例。加上说话还带童音。"走吧，你坐我的车，免费。"美国社会历练出来的口吻。你还敢说她小！

校长依然干干净净地坐在他的位子上，好像生来从未经历过空气污染。他好像永不喝热茶，永不疾走，永不大声呼喊。这段路开车不过一分多钟，老崔在上车之前下车之后，从小侠头痛说起，把他的高瞻远瞩，他的曲突徙薪之计说个透彻。他预料有一场漫长的讨论。翻译者或许要超过预定的工作时间，增加收费。只要解决了问题，花个百儿八十也值得。谁知这位小小姐在校长对面郑重其事地坐下之后，只说了一句话。他听得出，虽然是挺长的一个句子，到底只是一句。然后，校长的话，就像一杯温热的牛奶，熨熨帖帖的，柔软缓和地流个不停，有抑扬挫顿，但是全无锋芒棱角。他足足说了五分钟。等校长说完了，女孩转脸问崔："还有别的事没有？"别的事？怎会有别的事？这件大事还不够办？当然不会有别的事。

"那么，我们走吧！"老崔失声道："不能走，不能走！"女孩愕然：为什么不能走？"校长，他知道发生了什么事情？"他知道！

"我的来意，他了解？"他完全了解！老崔心里还在挣扎：不能走！不能就这么一走了之！你怎么只替我说了一句话，我还以为那句话是个引子呢！这么重要的问题，如何可以草草了事？心里这样想，脚步不由自主跟在翻译小姐后面亦步亦趋。不走，还有什么理由留下？他还能说什么，做什么？女孩认为必须解释一下。"我们想说的话，校长全替我们说了。林肯和爱德华都说对方动手，可是都没有证据，好在没有人受伤，两人已经握手和好。孩子不记仇。大人不宜再提。至于以后，他说学校里总会有这些麻烦，他很抱歉。"老崔一听凉了半截也矮了半截，这像个一校之长说的话吗？女孩提出自己的见地："还没进校长室我就知道他会这么说。"

老崔绝望地问："那怎么办，谁来保护我的孩子？每一班都有班主任，难道做班主任的不维持班上的秩序？"女孩望着他，很同情地说："我们翻译社经常为新移民解答疑问，这项服务是不收费的。"她看了看腕表。"我可以告诉你不要依靠老师，再好的老师也不过教你一年，一年以后你依赖谁？"老崔说："是啊，我到底能依赖谁？"女孩立时高大起来："告诉你儿子，他要靠自己！"

靠自己？"靠自己！有人打他，他就打回去！"老崔的汗毛直竖。女孩的口吻是在宣扬一项真理，毫无怯懦迟疑。"我读初中的时候，一个男孩跟在我背后叫Jeep，Jeep！我反身朝他脸上就是一个耳光！"她做了个挥拳攻击的姿势，顺便瞄一眼腕表。"哭没有用，告状也没有用，只有这个办法中用！"她钻进了汽车，最后一句话从汽车里钻出来，"让他自己打回去！"想想孩子的小胳臂小腿吧。可怜的小侠，姓名变成"爱德华·揣唉"，进了小学要自己打码头。惭愧啊，姓崔的有此不肖子孙！老崔来美有年，深知伤春悲秋无用。自怨自艾无用。处世之道在胸脯前一挺。有人喜欢打你，是因为你做了庙门口的鼓。怕什么，有些美国孩子整天吃奶油吃巧克力，一身虚胖浮肿，虚有其表。小侠何不看眼色行事，打得过就打，打不过，就告！告状尽管无用，到底不失为一种反抗。

这天下午，老崔不许小侠吃雪糕。"为什么？到底为什么？"那玩意儿吃多了浑身没有力气，打架打不过人家。小侠一听，噔噔噔径自上楼，还以为他受了挫折，垂头丧气了呢，不大一会儿，却穿上练习跆拳道用的袍子，腰束蓝带，飘然而下，袍带都还崭新，加上小侠眉飞色舞，真能使满室生辉。老崔忘了，近年来小孩子学柔道学跆拳道之风甚盛，家长觉得也不过是一种体操，孩子认为比体操刺激有趣。小侠进过训练班，教练还曾说他是可造之才呢！

横越太平洋的喷射客机，摇篮似的吊在空中，把一切摇成旧梦。似梦还醒，小侠向父亲折腰为礼，退后一步，在客厅地毯上表演起来。双拳当胸，举目扬眉，作势欲击。儿子学过跆拳道，临阵应有还手之力，但中国武道宁愿忍辱，不肯出手，这个"打"字如何从他做父亲的口中说出来？且看儿子两肩微斜，双目侧望，蟹行跳跃，飞起一脚，脚底仍能高过头顶！但这一身戎装、两眉斗志的孩子其实并没有假想敌，目光清澄无猜，所谓防身制敌，一场家家酒而已，哪能当真？哪能当真？那句难言之隐到底又咽回去。"今天有麻烦没有？"每天放学时分对孩子必有此一问。问得多了，孩子觉得奇怪，反问："爸，你有什么麻烦？"傻孩子，为父的四大皆空，一根麻也没留下，何烦之有？你在成长，你的麻越存越多，恐怕烦是免不了的啊！为父的是不放心的啊！

越是怕事，越要出事，这天双语教师孔小姐打电话来，叫他快去。见了这位女教师，才蓦然惊觉流年易逝，她的指甲由紫红变成云母白，她的眼窝由宝蓝变成浅绿，她的头发由堆髻变成刘海，咳，红瘦绿肥春信去，竟是入夏了！但人生中可惊的并不是这个，他期待真正的震动。"爱德华又打架了！"好一个又字，连上次的纠纷也判决了。校长在旁炯炯而视，分明这话是校长的意思，由她翻成中国话而已。无暇分辨曲直，先问"孩子怎么样"。"没人受伤，你不必担心。"她一面说，一面看校长的反应。

"是爱德华的错，他先推了别人一把。凡是由中国来的新生，我都叮嘱他们，千万不可以推别人，撞别人，倘若无意中碰到别人，要立刻说对不起。"转过脸，用英语对校长说一遍。"崔先生，请你跟我们合作，教你的孩子记得这是美国，不是中国。在中国，孩子们你挤我，我推你，嘻嘻哈哈，是亲热；这里不行！你推人家一把，人家就以为是受到攻击，以为是你要打他！中国人要打谁，自己先退后两步，美国人要打谁，先把他推开两步！"把最后两句用英语再说一遍，当然是为了校长，校长对这个比较有兴趣，笑意挂在嘴角上久久不散。

还好，没人受伤。可是瓦罐不离井上破，常常打架怎么了得！放学后，正想好好审问小侠，小侠先兴冲冲地提出报告："爸，今天杰克有麻烦。"他有什么麻烦？"他想打我，我就用脚踢他，他倒了，我没倒。"老崔再不考虑，再不节制，扬起巴掌劈脸就打。小侠捂着脸号啕大哭，一面哭一面看自己的手掌，叫"我流血了，我流血了"，一巴掌打破了鼻子。屋子里没有第三个人，老崔只得急忙转换角色，由严父转慈母，由惩罚者转救护者，止血洗脸，孩子的抽噎使他也全身震动。

不该打，不该打，打孩子是犯法的行为，倘若有多事的邻居打个电话，立刻就有警车上门。孩子，你不可打人。孩子，那不是杰克的麻烦，是你的麻烦。把孩子紧紧搂在怀里，要孩子忍，要孩子让，要孩子会看眼色，趋吉避凶。他说一句，孩子就答应一声，接着又抽噎一下。老崔的心跟着隐隐痛一下。叮嘱了千言万语，小侠答应了千遍万遍，这孩子忽然仰起脸来问："他打我，我为什么不能打他？"老崔语塞，眼泪直流。小侠挣出父亲的怀抱说："我的头发湿了，好痒！"这天晚上，爷儿俩总算说通了。

第二天心平气和去上学，再也不会有冲突了，至少这个学期不会有麻烦了。这天上午的心境，有雨过天晴的祥和。怎么下午又有电话来叫老崔快到学校里去！有什么事？发生了什么事？喂喂！那边孔老师早挂上了听筒。老崔丢下电话往外跑，第一次发觉这个街口的距离真长。校门在望，先听见预备放学的铃响，接着看见孔老师站在高高的石阶上等他。这一段小跑跑得老崔直喘，想问有什么事，只能吐出一个"有"。孔老师说："不要紧，你别着急。"等他喘得慢了，才问："爱德华学过功夫？"跆拳道也算功夫的一种，老崔点头。"你要当心了。杰克的个子比爱德华高，爱德华把他打败了，现在全校的学生都知道爱德华会中国功夫。六年级有几个学生想找爱德华比武。我叫你来接爱德华回家，省得被他们纠缠。"

老崔谢了。孔小姐看老崔新来，未必能了解事情有多严重，就索性多说几句："美国的这些孩子都看过香港的功夫片，知道中国功夫的厉害。在功夫片里面，小孩子能把一个大力士打死，他们看了信以为真。他们若跟会功夫的孩子打架，出手一定很重，很可怕！"老崔立刻吓得不喘了。孔小姐说："要是张扬出去，连别校的学生也会上门找爱德华。他们不敢一个人来，要来就是一群。"老崔连声追问怎么办，孔小姐说："我不能告诉你怎么办，任何一种办法都有它的副作用。"说到这里，铃声又响，各种肤色，各式衣着的孩子像打翻了一桶还没有均匀混合的颜料。孔老师一把拉住一点黄，交在老崔手里，那就是小侠。

　　小侠说："爸，今天我没有麻烦。"老崔不答，只紧紧地抓着孩子的手。"爸，我的手好痛！"偷看父亲的脸色，不敢挣脱。回家路上好像铺满了棉花，老崔一步高，一步低，脑子里一片空白。他昨夜就没有睡好，昨夜的昨夜也没有睡好，现在根本无法思考。先回去好好睡一觉再说。上床搂着小侠，不让他出门。

　　　　　　　　　　　　　　　　（选自《海水天涯中国人》）

他们开店

在纽约，新来乍到的中国人见了面，多半会说："开个店吧。"

开店之一

我经常从一家照相馆门前经过，看它橱窗玻璃擦得晶亮，摆出来的人像神采飞扬。老板是个大胡子，倒也能斯斯文文的笑。可是不知为什么，照相馆不赚钱。

不赚钱的生意没人做，照相馆终于登报出让，接手的是个中国人。已过中年了，朝气勇气所余无多，以如此心情来接一个生意清淡的店，我不免为他担忧。只见他把"艺术人像"的招牌取下来，改成"家庭摄影"，只见他把旧店主留下的布景片，什么明湖雪山、什么枫林小屋，全丢在门外路旁等垃圾车运去。此外并不见多大动静。

我每天经过"家庭摄影"幌下，我们总要交谈几句。生意并无起色，他的神情倒也并未比初来时沮丧。就像一片落叶也能激起涟漪一样，一件小事也能引起议论，有人说，这人志在以投资的名义弄个签证住在美国，开店不过是个幌子。言之成理，不过我看总不像。

　　现在这家照相馆的老板忙起来了，只见他忽而掀开摄影室的布帘走向柜台，忽而回身钻进布帘后面去，像个布袋戏中的人物。生意是从什么时候好起来的呢？这倒说不清楚，只记得去年二月，应该是中国的农历新年期间，大雪纷飞，人行道上白璧无瑕，只有照相馆门口脚印狼藉，尺码大小不等，想是父母带着孩子过来的。三九寒天压不倒亲人的热情，我为之驻足叹赏久久。自那以后，我和老板清谈的次数逐渐减少了。

　　今年八月，照相馆铁门紧闭，门上挂着牌子，遍告顾客说他携带家人度假去了。他有了度假的钱，有了度假的需要，也有了度假的心情，在在表示他已经把他的店经营得相当殷实。他为了告白此事特地做了一块牌子，这表示明年还要度假。他对他的未来颇有信心。两个星期以后，铁门重新拉开，一橱窗的全家福个个笑脸迎着灿烂的阳光。老板的样子比以前是健壮了一些，但是也并未流露出什么成就感来。

　　我说，照相馆以前在老美手中门口连个雀鸟也少见，现在换了中国人当家，竟成旺店，可见什么事情都有秘诀。他叹了一口气说，其实社会上的一般行业那里还真有秘诀，一切都在书本上写得明明白白，只是人们懒得去看。他说他写过一本摄影理论，他在书中坦率指陈人的脸孔是非常丑陋的东西，拍出照片来定难使当事人满意。所以，几乎人人都要抱怨摄影师。可是，人的亲情爱心对视觉发生不可思议的影响，不但情人眼里出西施，老乌鸦也认为世上最可爱的小鸟乃是它巢中的雏。他找出那本书来，扑簌簌翻来翻去，那是一本很厚的书，布面精装，金光闪闪。他说他在书中早就说过，人对全家福之类的照片不甚挑剔，照相馆赚这些人的钱最容易。这何尝有什么秘密？他干脆合上书本，用中指的骨节梆梆的敲响封面。

　　仿佛是，只有那本书能够使他兴奋，但是那样厚的一本专门著使我望而却步。我要求参观他的摄影室。他打开了灯。灯光从不同的方向投射到后墙上。整面墙是两扇旧日深宅的大门，兽头衔着铜环，门上布满三角铆钉。当然，这门只是一张放大了几十倍的照片。我的天！我几乎想去摸那些光滑冰凉的铜菌。我站在原地垂手未动，手心里有又痒又充实的感觉，好像我已经摸到了。只有老板自己知道一共有多少中国人的家庭坐在这里和那门那梦凝结在一起。这些第十三生肖的中国人衷心希望他们刚刚从那门里走出来，或者日后能一齐走进那门里去。什么明湖雪山、枫林别墅怎能跟这两扇大门竞争！……老板还在谈他的书，我却一句也未曾听见。

开店之二

　　她是一个小歌星，还没有成名，不能在电视节目中独当一面，经常跟三四个人一同唱唱跳跳。特写镜头倒不少，留给观众的印象不模糊，尤其是引吭长吟，曝着艳红油亮的厚唇缓缓吐气的时候。

　　这就足以在人海中掀起一些波澜。她特别爱吃中国菜，每逢看见报上说本市市长是中国餐馆的常客，就梦想有一天与此人同桌点菜，不知不觉，她有了一个习惯，走进餐馆以后扫视全场，看看有什么类似市长的人物没有。

　　她常去的一家馆子叫山海楼。室内装潢以景泰蓝为主调，景泰蓝是她喜欢的颜色。都是小方桌，宽宽松松的摆着，不必侧着身子穿进穿出，也不必忍受大圆桌凌人的气势。这就显得潇洒。她喜欢糖醋排骨，如果有同伴，她就提议加一条全鱼，带头带尾，并且向同伴炫耀地说，鱼头一旦砍掉，就不能算是地道的中国菜了。她由筷子的起源，说到南美有个江洋大盗受刑将死，狱卒问他在世有何最后的心愿，大盗喟然叹曰想再吃一顿中国菜。她是南美移民的后代，市长也是，江洋大盗的故事据说是市长在社交的圈子里首先讲出来的。她爱转述这个故事，它是她和市长之间唯一的也是特殊的联系。

　　她上山海楼的次数越来越多了，她发现，这里的侍者比别处殷勤，收费比别处便宜，而菜的色香味竟然如此之好！大快朵颐之外，那种精明的感觉，准专家的感觉，是别的餐馆不能培育的。当初，山海楼的老板，那个能从石缝里看出生意经来的商人，一眼认出了她。他决定把她当作一个特别的顾客，指定最灵秀的侍者上前接待，通知大厨亲手掌勺，结账时还悄悄地打了折扣。每次，她来进餐的时候，山海楼的侍者和顾客之间展开耳语运动，众人眉眼相望，传告谁是她、她是谁，她在一杯盈盈的红酒之旁以眼角余光收揽四围的视线，秘密享受众人的注意，散乱的视线交叉搭起一座架子把她高高地举起来。这种愉快也是别的餐馆不能提供的。

小歌星上电视的机会比以前多起来，那噘起来的红唇成为一个诱人的商标，你如果到山海楼吃晚饭，可能当面看见她抽烟，噘着嘴唇吐那如绢如绸的一缕。山海楼的生意也好起来。世上总有许多人，为极不相干的事由所左右。也许他们认为菜色彼此差不多，附加的视觉享受使天平的一端下坠。也许有人觉得屋顶之下有星是一种新体验。总之，山海楼加了一些桌子。又加了一些桌子。山海楼拥挤起来，也得侧着身子走路了。你去了不一定能看见那星，但是你一定能吃到好菜，总算不虚此行。而且，对某些人，连"某某曾经来过此地"也有号召力。所以，山海楼准定要发了，要发了。

山海楼对面有人搭起招牌，写着"玉润园"。又是一家餐馆。这些年开餐馆的人多，中国餐馆的生意美国人抢不去，科技发明淘汰不了，经济衰退的影响也不大。那家伙倒会赶热闹，朝着这里地气旺，来赚山海楼赚不完的钱。新店开张例有一番喜气，鞭炮的硝烟也会扑上山海楼的玻璃长窗，气派嘛，玉润园三个字到底抵不上山海楼磅礴。所以嘛，生意平平，平平。可是，令山海楼员工睁大眼睛不能相信的是，那歌星竟越过他们的老店，推开玉润园匾下的朱红大门，进去了，而且，以后再也没有回来坐她那张坐惯了的台子。

事情不难弄清楚，玉润园替女歌星隔出一个小小的房间来供她专用。她现在比以前红了，能在镜头前面单独唱一支歌了，常有很体面的绅士邀她上馆子，她正嫌山海楼太挤。玉润园的谋士定出奇计，存心看它山崩海啸楼坍。山海楼老板跌足长叹："太可惜了！用三夹板把她围起来，她还能招徕顾客吗？隔一个房间要拆掉多少座位啊，何苦呢？何苦呢？"

任何一行都有人以传播闲言闲语为副业。玉润园的老板听了微微一笑："就是要搞垮他。"

这话传回来，山海楼的老板恨恨地说："这是为什么呢？我们无冤无仇！美国地方大得很，你看人家韩国人，绝不在同一条街上开两家水果店，人家避免自相残杀！"

话又传过去，这次，玉润园老板只是微笑。

开店之三

那老头儿躺在地上，尽情地望着天花板，两腿毫无忌惮地叉开，朝着门口。他一生从没有这样放肆过。

血从他身子底下穿透崭新的西服流到水泥磨石子的地上来，流得很慢，却很险恶。它想找个隙缝钻下去，可是地是如此的光滑、坚硬、平坦、无路可通。这个流浪至死的中国人，连他流出来的血也没个归宿。

五分钟前，一个黑皮肤白眼球的大孩子冲进酒店，拔出手枪指着他，没命地喊："把钱拿出来！把钱拿出来！"这是完全没有必要的，他并不是聋子。

他听不懂英语，转身去找酒店的老板，那小强盗就迫不及待地朝他轰了两枪。这也完全没有必要，他根本没有意思反抗。

就在此时，挂在墙上的自鸣钟忽然打开一扇小门，送出一只小鸟来咕咕的报时，那个刚刚出道的小抢匪慌忙举起枪来射那只鸟。鸟并没有打死，日光灯却熄灭了，虽然门外光天化日，店里面却有黑暗罩下来。

那匹可怜的小野狼在做了这些事以后，把手枪丢在地上，逃走了。躺在地上的顾客纷纷起身，躺在地上的小老头却从此长眠。他忽然缩小了，看上去，一只狂吠中的狗要比他大。

　　两个月前，小老头从报纸的分类广告中看见：征求店员，不限资历，不需要懂英语。

　　这样的工作可真是凤毛麟角。他居然得到了这份工作。那留着一撮胡子的小老板决定录用他。其间也有惊险，小老板的眉头皱出一把杀子剑来，说是多少总得会两句英语，不能一句都不会。可巧小老头真的不会。那很抱歉，小老板死命地盯他。他知道该走了，两腿软得离不开椅子。小老板忽然笑了，叫他留下来试试。小老板年轻得很呢，故意留了胡子表示干练严肃，刚才那一笑，把他藏在胡子后面的稚气笑出几分。八成是心软了，恤老怜贫。小老头一点高兴的感觉也没有，心里除了感激，再也留不下别的余地。

　　小老板对小老头说："生意人应该穿得体面些，买套西服吧。没有钱？我借给你。没有车？我送你去。"到底是年轻人纯洁善良。穿上新西装如大将披挂整齐，全身陡增许多重量。每天的工作是什么呢？站在酒店里走走看看，看顾客偷东西了没有，看收银员偷钱了没有。柜台后面有小门通密室，老板多半躲在里头看账单、敲计算机、打电话，前面等于交给了他。小老板说得好，店里的黑鬼白鬼都靠不住，还是自己中国人贴心。他的心怦然，唯恐自己罩不住，谁知黑人白人对他都客客气气龇牙咧嘴。果然，不会英语没有关系，他不必说一句话，每个店员都把工作做得很好。人要衣装，走遍天下都是只重衣裳不重人！一套新西装竟有如许魔力！

可是新西装不能挡子弹……打开天窗说，是这套衣服招来了子弹，做了他的殓衣。

小老板对所有的人说，小老头才是真正的老板。……当然是用英语。

小老板一面打电话报警，一面暗自庆幸他的设计完全成功。人人警告他不可在此地卖酒，骂他要钱不要命。其实入虎穴取虎子，钱也要命也要，约莫赚个三五年，就可以另创一个小局面。

人有旦夕祸福，他得再找一块挡箭牌，要新来的老头儿，完全不懂英语。

开店之四

汪远去买餐馆，我陪着。卖主眼睛里闪烁着惊魂："我对中国人说实话，这个馆子的生意还过得去，只是一个月内被人连抢五次，这口气实在憋不住了。"汪远面无表情，卖主担心他没听清楚，重说一遍。

汪远的身材相当魁梧，他发过牢骚："个子大，人家问你是不是韩国人；个子小，人家问你是不是日本人；他妈的，咱们中国没有人了？"说也凑巧，他的合伙人短小精悍，上台演日本人不用化装。

　　还有个厨师是大胖子，我没见过，直觉地认为厨师应该胖。三个人的外形不同，胆子却一样大。开张那天，我送了个花篮，为了订花篮，打听餐馆的名称，才知道叫"双照食府"，十分意外。"双照"典出杜诗，本来雅致，可惜汪精卫有过双照楼，污染了。汪远为什么从四万多个中国字里挑选了这两个？莫非他和汪精卫有亲族关系吗？

　　从这一天起，每逢看见报纸记载某处发生抢案，就担心双照食府出事，果然有一天爆出了头条新闻。报上说，两个冒失鬼拿着手枪抢劫，大胖子厨师先开枪自卫，一场枪战下来，两个行劫的家伙全死了。报上说，双照食府是个小小的外卖店，不料小店的厨师有此大手笔。既然出了这等大事，我得去给汪远压惊，顺便看看那厨师是何等人物。

　　双照食府使我联想到平放的火柴盒子。内部一个柜台把屋子从三分之一的地方隔断，外面摆几张桌子，里头就是厨房。厨房的装置是：一排锅灶，一排放食品和餐具的架子，都和柜台成直角排列。我是在快要打烊的时候赶到的，柜台和食品架外面的铝皮泛着冷光，森然如作战的防御工事。大师傅的确够胖，体积几乎比另一个合伙人多出一倍，以他的宽度，被子弹射中的概率大概比别人要多一些，可是他毫发无损，悠然自得。

汪远说，他们在开店之前决定抵抗劫匪，就用柜台切断内外，根本没有留下出口入口。柜台是特别订制的，加高加宽，底下全空，可以当坑道使用。厨房里的两个食品架子也是特制的，铝皮里面藏着钢板，靠内的一边钉个小盒子，里头放一把实弹的手枪。他们早就演习好了，不出事则已，一旦有事，站在柜台旁边的小个子向下一缩，进了坑道，站在锅灶旁边的老汪和大胖子退后一步，取出武器，这时，从劫匪的角度看，这三个人都不见了，从汪远他们的角度看，劫匪无异钻进了他们的枪膛。

"你这门子设计真绝！"我说。

"不绝哪儿能行！"他说。

他还说了一些别的事。他们三人是一块儿退伍的生死伙伴，起初，三个小伙子的外形差不多，后来越长分别越大，始终还是一条心。他说胖子的手枪射击得过金牌。最后，他说："咱们中国人是讲究武林道义的。我早早警告过他们了，我有枪。"

一边说，一边带我去看玻璃大门，门上赫然贴着两张枪照，蓝色的图牌，中间一只展翼的老鹰，原来这就是"双照"，跟杜甫跟汪精卫都没有关系。

（文中人物纯属虚构。）

有涯散记

机场送别

晚上九时送大儿子到机场搭乘达美航空（Delta Air Lines）班机赴西班牙就业，他的女友来送行，她是德裔移民，仪表清秀，我和老伴连忙提前告别。儿子从未提到他的情感生活，依他们年轻人的潜在规则，两人关系稳定以前，父母完全在状况之外，我们能得此机会和她非正式会晤，可能说明两人的感情"不错"了。父母也有潜在的规则，只能瞎猜痴等，不能追问。

一个月以前，美国环球航空（Trans World Airlines）800 号班机（TWA800）在纽约市郊上空爆炸，机场对恐怖事件高度防范，工作人员表情严肃，连乘客携带的计算机都要当场试用，证明是真正的计算机，警卫的态度可以称得上粗暴，战争中骄兵悍将的模样。国家一旦发生非常事故，即面临非常状态，马上有一部分人变得非常重要，非常蔑视大多数人，这一部分重要人士先变成社会一害，盗匪横行时的警察，瘟疫发生后的护士，大抵如此，忍受此一小害躲过大害，也是人类的潜在规则。

万圣节的糖果

万圣节，夜晚上门讨糖的孩子来了，我才想起忘了准备，幸而家中有许多两角五分一枚的硬币可以抵充。警察事先提出警告，家长不可让孩子单独行动，可能有歹人中途拐走孩子，所以讨糖者三五结伴而来，见了钱欢声雷动。他们出门讨糖只是受习俗驱策，每天吃糖太多了，讨来的糖也不敢吃，怕有人下毒，糖对他们已无意义。

无论是糖是钱，我应该一人一份放进孩子的手提袋里。可是我忽然想吹皱一池春水，看看变化，因此发生了一件很遗憾的事情。我举起一把问："谁是带头的人？"一个黄面孔的孩子挺身而出："我！"我一看，小家伙挺精明，人家都说中国孩子总是畏畏缩缩，屈居人后，这孩子有出息。我把钱交给他："你来分配，每人一个。"他接过钱转身就跑！他在好几个白皮肤、黑皮肤的孩子面前有这种行为，丢人丢大了。

家

晚，中国学生家长会会长朱宝玲偕她的朋友某女士来访，老伴请她们到附近一家名叫"东海"的餐馆吃饭。某女士服饰华贵但玉容寂寞，她的丈夫在中国大陆经商，夫妻难得同聚。

我讲了一段话给她听："现在美国衡量一个家庭的水准，认为夫妇俩同住在一栋房子里是下等家庭，夫妇俩分住在两栋房子里是中等家庭，丈夫住在这一州、妻子住在另一州是上等家庭，如果丈夫和妻子分别住在两个国家，那才是上上、无上值得骄傲的家庭。"

她听了破颜一笑："我会把你的话讲给他听。"

中秋月

昨天日全食，今天中秋，月色皎洁，嫦娥好像经过一番奋斗，恢复了尊贵的身份。这应该是诗人的好材料。

看月，想起"大千世界共此月，世人不共中秋节。泰西纪历二千年，只作寻常数圆缺。"（黄遵宪的诗句）在西式豪宅中看月，在曼哈顿"摩天大楼的丛林"里看月，嫦娥应是一观光客或新移民，"偷灵药"不必后悔，悔不该奔向月宫，没有在新大陆偷渡登陆。这应该是诗人的新材料。

纽约号称"保存中国文化之都"，照古典格律写诗的人很多，我也花工夫读过一些，中秋有诗，依然在冰轮玉盘中兜圈子。有人讯"旧诗人"不敢用新词，其实更大的问题是没有新角度去看人生和自然，诗中是否有微波炉、原子尘尚是末节。

天文消息：月球将离地球渐行渐远，亿万年后，寒星一点而已。那时如果还有唐诗流传，可能只剩下一半，或一半的一半，一个没有月亮的中秋，中国人能忍受吗？如果那时还有地球，还有中国，也许没有困难，明月并非突然消失，一个"渐"字能使人接受任何不能接受的环境。

中国人对中秋的感情已经很淡了，长此以往，有无中秋无关宏旨，每一大变故出现，上天会给我们时间适应和改造自我，最后使我们觉得并未失去太多。

为猫行乞

中午入市，一家百货公司门侧的空地上坐着一个棕色皮肤的中年妇人，在举着牌子乞讨，两只猫偎依在她身边。她说她是为猫乞讨，两只猫都很漂亮，但是都很瘦，显然营养不良。一群孩子围着看，有人停下来朝她脚前的纸盒里丢下零钱，再匆匆走过。有一个人从旁边的小店里买来一杯热咖啡，送给养猫的妇人。

我也是养猫的人，朝她的纸盒里放下一美金，走到对街旁观，看两只猫对主人依然无限信任，虽然她的主人一无所有；看来往施舍的人有黑有白，没有一个黄皮肤，似乎这是美国文化编导的节目，只应由美国人扮演。这是华人社区，中国人不会坐在这里乞讨，更不会为猫乞讨。

花生

食物过敏惹祸！医生叮嘱不要吃花生，我甚感诧异。想我幼时，乡人尊花生为长生果，现在医生说，花生已经上了问题食品的黑名单。美国各地都有孩童吃花生过敏而丧命，或者使他身旁的孩童过敏而丧命，幼儿园规定，孩子吃花生要先向老师报告，老师陪他到一个没人的房间里去享用。

连吃花生都有危险，世间尚有何事安全？想到人之一生要经历多少生死关头，从"孕妇吃感冒药使胎儿畸形"开始，由出生到六岁入小学，要注射九种预防疫苗，也就是说在这些疫苗没有问世以前，孩子长大要冒九种危险。然后帮派、恋爱、车祸、服兵役，危机重重，祸福难料。我这一代人还有战争摧残、专政构陷、灾荒折磨、瘟疫传染，真是千劫百难，剩得一身。陆游词有"躲尽危机，销残壮志"之句，现在才尝到个中滋味。

停车费

美国是自由国家，也是法治国家，法令多如牛毛，老百姓动辄得咎。曾有一人走到十字路口，顺手从路旁的垃圾桶里拿起一份报纸翻看，警察立刻给他一张罚单，因为"不可移动垃圾"。

今天又出现令人意外的消息。一位老太太经过马路旁临时停放汽车的地方，看见一个"停车收费计时器"超过了时间，停在这一具计时器旁边的汽车势将受罚，她自己掏出两枚硬币投进去，延长合法停车的时间，帮那个不知姓名的人一个小忙，也算日行一善。谁知道这样做也犯法，一旁静观的警察立刻取出手铐。

博闻的记者在这条新闻后面说，1973 年 3 月 4 日，曾有一位老太太行同样的善事，法院判处罚金五百美元。社区人士闻讯激动，纷纷捐款替她交纳罚款。现在是 1996 年了，风气不同，恐难再有打抱不平的人，至少在华人社区如此。

华人的习惯

加拿大刊出加拿大人不满华人移民的一些习惯：1. 在公众之前挖鼻孔掏耳朵；2. 在不同族裔场合只说华语；3. 在肃静的地方喧哗；

4. 乘车购物不排队；5. 推开自动门进出公众场所，不理紧跟在脚后进门出门的人；6. 选购蔬菜去枝择叶；7. 在自家院子里砍树铲草，改铺水泥；8. 随处停车；9. 申请住楼虚报地址；10. 出租产业虚报月租漏税。

　　还好，随地小便，不相信斑马线红绿灯，还有进了餐馆先要开水，三项已从名单上剔除。

　　我初来美国的时候，也不知道餐馆旅社都只供应冰水，有热咖啡，没有热牛奶，他们热水管里的水是不能喝的，闹了些笑话。后来住定了，知道华人忌讳院子中间有棵树（像个"困"字），也忌讳对准大门有棵树（当头一棒）。林云"大师"来美旅行"讲学"，宣扬"密法"，杀树形成华人新移民的共识，门前的行道树受法律保护，于是有杀树的各种密法。草坪改铺水泥则是为了省却剪草浇水之劳，而且方便停车，这种行为破坏环保，增加市区淹水的危险。

　　在纽约，华人的"特色"还可以加上店主、店员傲慢无理，不按规定处理垃圾，住宅门前从不挂美国国旗。至于乘车购物不排队，进出公众场所的门不理会紧跟在脚后的人，出租产业虚报月租，在纽约似乎没有族裔之分。

泥土

出门散步，经过一所小学，见一位女教师率领十几个小学生在学校门外一小块空地上翻土拔草，中年教师像母亲一样教孩子如何使用工具，掘地破块，挑出草叶碎石，如何把手掌埋入土中，享受某种感觉，再轻轻抚平土壤。

依照这里的规则，师生工作时都戴着手套，但是双手亲近土壤的时候就把手套脱掉了，教师也和学生一同检查土壤中有没有可能刺伤皮肤的东西。"抚平土壤"是这一场小小戏剧的高潮，这时身材高大的女教师跪了下来。

我相信这是一种教育。这里是人口密集的地区，孩子们也许只能在大楼兴工挖掘地下室的时候看见泥土，那是不准走近的；他也能在阳台的花盆里看见泥土，那是经过化学处理的营养土，不堪碰触；所谓大地，在他们不过是水泥、柏油、方砖、石板和草皮罢了。教师带他们认识一下"人类的母亲"，或者对他们产生不可思议的影响。

走过一段距离，回头远望，校外路边这块小小的空地中间竖着高高的旗杆，孩子们的头顶上国旗正在晴空中飘扬。

狗

冠腾兄来，谈到在美国居家的烦恼之一，邻人遛狗，让狗在门外的安全岛上便溺。干这种事的人白黑棕黄都有，非仅"中国人的民族劣根性"为然。依卫生局规定，遛狗时要携带清除秽物的工具，随时随地收拾干净，我见过有人遵行，也见过有人携带工具摆样子，但是到时候并不拿出来使用，更有许多人根本忘了那个规定。

冠腾说，对付这种人可以拍照为证，向卫生局告发。老伴认为中国人一向讲究睦邻，此议万不可行。冠腾说宠物店中出售一种药水，洒在草地上可以驱犬，但售价昂贵，平常人家难以负担，老伴默然。冠腾足智多谋，一计不成，又生一计，可以到超级市场买韩国出品的辣椒粉使用，价钱便宜，老伴欣然。

可是早晨门前安全岛上又见一堆狗大便，惊呼老伴同观，"一天开门八件事"，大清早就得处理这玩意儿，比乌鸦冲着你大叫还要扫兴。老伴说已多日没撒辣椒粉了，她听说辣椒粉刺激狗的鼻膜，伤害它的嗅觉。原来如此，怎不怕便溺刺激自己的鼻膜？我拍拍巴掌，早晨这第一件事理应由她负责善后了。

会账

听一名人演讲，他说美国文化注重独立自主，中国则相反。几个美国人相约进馆子同桌吃饭，吃完了各人付各人的账，即所谓AA制，又称荷兰式，据说于16、17世纪起于荷兰。中国人约定同桌吃饭，"倚赖"一个人"买单"，云云。

我听到这里起身就走。照他说，美国人"好像从来不请客"，英文中何以有 meal（进餐）、banquet（宴会）、feast（酒席）这些字？中国人在餐馆里付账，的确有文化特色，但并非此人说的这样简单。倘若座中有长官，你不可以贸然付账（为了礼貌），倘若座中有"大哥"，餐馆出纳拒收（这里是大哥的"地盘"）。付账有不成文的章法，"倚赖"的成分很小，（抓大头或恶作剧的成分倒是偶然有）。同桌吃饭进馆子，也可以各人自己付账，但是他们分开各坐一桌。

还有，中国人很重视"回请"，今天你请我吃饭，明天我找个理由请你吃饭，回请时往往在同一家馆子点相等的菜色，"来而不往非礼也"。中国人吃人家一顿是负了债，欠了人情，并不轻松，"下次我做东"，他不必抢着去付账，"心存依赖"的人会被人瞧不起，代价也很大。

演讲时说个小故事，引发动机，增加趣味，我当然赞成。但中国文化不能建立在一个小故事上，它也许可以由一连串小故事来透露，或者由抽象层次很低的事来象征，无论如何 AA 制不行。

由这样的人来谈中美文化，简直是中国文化的灾害。

美国谚语

读《美国文化风俗》一书，发现几条民间流行的格言可资谈助：1. 鸡未孵出，莫数小鸡。想起候选人在竞选时说的"勿在开票前计算选票"，可能后者套用了前者。2. 光棍不当媒人，有趣，其趣味只可意会。从前我们做编辑的时候，常说当编辑的人不把文章介绍给同行，意思相同，修辞远逊。3. 三次搬家比一次失火还糟，这话相当于中国谚语："搬家三年穷"。4. 脱下衬衫送人，（表示尽其所有），中国北方农村的说法是"脱下裤子送人"，可能因为当年中国农民尚未流行穿衬衣，以致雅俗有别。5. 谈话谈到十分钟的时候停下来，就会有一个天使走过。集会时总有人发言漫无节制而又言之无物，这句话或可当作药石，不过十分钟仍然太长了，我在公共场合临时发言只用五分钟时间，而且拟妥大纲。

女郎失忆

新墨西哥州一个二十六岁的女郎，因车祸失去记忆，她不认识丈夫，不记得结过婚。

新闻说，医生建议他们重新约会，由零开始。他俩再度热恋，并且在今天结婚。

有点像通俗小说的情节，如何免俗？这倒是一个现成的考题。或许可以改变设计，那一对夫妇在重新恋爱时，女子无法再爱那个男子，她爱上另外一个人，那人是她的仇人，是一个坏人，她当然已不记得仇和坏。……

"非通俗"的设计是否更有文学价值？我想不可一概而论。

聋了以后

昨天听到的趣闻：某大百货公司有一职员，耳朵聋了，不能胜任原来的工作。机能残障的人受法律保护，老板不能辞退他，就把他调到接受顾客抱怨的部门去。他每天坐在那里，面对怒气冲冲的顾客，微笑点头，答应把顾客的意见反映到公司的管理部门，其实他什么也没听见。

今天听到的趣闻：公交车上，一男孩嚼口香糖，对面老妪耳聋，以为男孩在跟她讲话。

火柴盒

20 世纪 60 年代，台湾的大公司、大餐厅、大旅馆都委托艺术家设计自己专有的火柴盒赠送顾客，商家争奇斗艳，印刷精美，火柴倒是寥寥可数。某君发愿搜集各家的火柴盒，用以见证台湾的商业发展和工艺设计的流变。

世事多变化，后来他移民了，大搬家的那天，他特意买了一只小皮箱，把所有的火柴盒都放进去，有一天在外面办个展览，回味当年在台湾的生活。

结果呢，一切都不顺利，生活情趣慢慢磨损。有一天收拾房子，他发现这只箱子，那时候火柴还是日用品，他在需要点火的时候，把那些火柴一根一根擦亮了，然后，变形褪色的小小画面，也当作残骸丢进垃圾桶。

每次取出一盒火柴来使用的时候，望着盒上的线条颜色，不免引起一段回忆，后来感觉也迟钝了。

终于有一天，他丢掉最后一个火柴盒，他的心又轻轻地震动了一下，旧业荡尽了。

答案

美国的全国性考试，照例用一套题目，各州同时举行。虽然"同时"，东部到西部有三小时的时差。有一男子在纽约参加考试，出了考场，打电话"泄题"给加州应考的人。这个聪明的男子被捕了！这件事势将改变美国全国性考试命题的方式，美国正在这样一步一步学习。

美国全国投票选举总统，新近由中国来美的某兄曾任某大通讯社记者，他对美国大选有浓厚的兴趣，一连参观了几处投票所，最后来我家喝茶。他的印象是：他看见了两个美国，"美国每四年就要这样分化一次，如何永远维持一个完整的国家？"

我讲述从电视上看见的一个场面给他听：一边是民主党的群众，一边是共和党的群众，各人挥舞自己的旗，喊自己的口号，等待选举结果。忽然一声宣布，某一党的候选人当选了，两派人马立刻收起自己的口号，卷起自己的旗帜，立刻人人挥舞美国国旗，喊出共同的口号。

我说这就是答案。

学中文

"学中文的孩子不会变坏!"这个口号是套用台北的广告词:"学钢琴的孩子不会变坏。"

纽约的中文学校可分三种:第一种,是编制和正式学校相同,历史悠久,管理完善,受教育局监督,这样的中文学校只有一所。第二种,是郊区乡下,有十家二十家华人居住,家长都是高薪的白领,联合起来办个中文班,家长们自己教自己管。第三种,在华人密集居住的小区,有知名人士以办理公益事业的姿态出头招生,利用寒假、暑假和周末,借用公立学校的教室上课。

最后这一种中文学校人数最多、问题也最多,孩子反而容易学坏。这种中文学校收了费要赚钱,一切开支尽量节省,教材像传单一张一张地发,校车像沙丁鱼一样挤。号召热心的人来做义工,华人帮派转弯抹角把体育教员送进来,把跆拳道教员送进来。他们不要钟点费,他们来吸收新人入帮,一个暑假做下来,后果就产生了,挽救就很困难了!伤天害理啊!"学中文的孩子容易变坏!"

参加一个座谈会,讨论子女教育,座中有一远来的名人说,他有三个孩子,初来美国时,他管教大孩子用法家的理念,后来放松了,管教第二个孩子用儒家的理念,到第三个孩子,他完全接受美国的教育理念,那是道家的理念。

这是我说过的话，而且只对一个朋友说过，居然传到陌生人那里，由他复述，连修辞都一样。我们平时演讲作文，总是慨叹说了白说，现在证明你说过的话真的会产生影响，这大大增加了我的信心。

我当时欲言又止，回家后把我想说的话写在这里。美国社会对青少年充满危机，我曾问华人学生家长会朱宝玲会长如何使孩子不致学坏，她说"唯一的方法就是让孩子学好"。希望她的这句话也能流传广远。

女权

彭广扬说，他采访女权运动的会议，会中讨论为何女子的升迁总是落在男子之后。有一女性学者发表研究结果，提出各种证据，证明"这是我们的问题，不是他们的问题"。她说，女性主管不肯拔擢女性下属。

何以如此呢？那位专家似未再做进一步推求。大多数人认为女子气量狭窄，很难欣赏另一女子的才能，这一判断无法提供数据，可能涉及性别歧视。我想女主管对于指挥男性下属奔走可能更有成就感，还有恐怕女性主管也难免承认有些工作由男子去做比较合适。

今天报上有消息，美国新兵训练中心有十七名女兵受到凌辱，政府深入调查，陆续发现几百个案例。军方发言人说，解决问题仍须从男女之防着手，包括改装航空母舰，将男兵女兵隔离。

女子本来免除兵役，可是她们一定要争取，目前女兵只担任后勤工作，她们继续力争接受战斗任务。既然做了军人，没有战功怎能出人头地？她们一旦进了战壕碉堡，和男兵并肩作战，还有什么男女之防可言？唉！

美国新兵训练中心女兵受骚扰案，已有两千多个受害人投诉，其中包括遭到强暴。

美国大学研究所也常常传出性骚扰的秘闻，教授借故与女生单独相处，触摸她的身体，百般纠缠。新兵训练的班长、排长和研究所的指导教授都握有很大的权力，性骚扰也是"权力使人腐化"的一例。

中国从前的艺人也往往对弟子有性要求，包括同性恋的行为，只有这样的弟子可以得到真传，民间俗谚说："要得会，跟师父一头睡。"台北当年亦有某公捧红了好几个女演员，他半生偎红倚翠，不在话下。

现在现象减少了，但并未消失。

太浪费

阿拉伯联合酋长国迪拜市制成世界最大的蛋糕，长一点六英里，重六十九吨，俨然长城，但展出后不久就变成满地烂泥，直升机低飞摄影，搅动气流，长城因之崩坍。

太浪费了！

为了庆祝圣诞，纽约市的自由街广场以二十六万盏灯泡遍布灯饰，造型争奇斗艳，市长朱利安尼前往按钮开灯，一片辉煌，这个"光明世界"要延续一个月。

太浪费了！

大洋彼岸，台北市政府广场竖起十层楼高的圣诞树，由美国蒙大拿订购了六百六十棵"小树"组成，树上满布彩色灯泡和饰物，由十二月七日到次年一月五日，通宵璀璨光明。

太浪费了！

同时我在电视上看见瘦弱饥饿的一群儿童，又收到为无家可归的流浪汉募集寒衣的通知。

中国的经济如今搞上去了，但愿社会主义有灵，永远不会出现万金一掷的刹那浮华。

衰老

有一个新闻人物，他 1918 年出生，到 1996 年应该是七十七岁，但是他的形体仍然是个二十磅的婴儿，医生说，这个"婴儿"体内有抗衰老的元素，所以长不大。

这条消息发人深省，"生长"和"衰老"竟是同步发生，相倚相成，人若不老，也就不会长大，身体并非长到顶点再开始下降，而是走向生长的同时走向死亡。如此说来，"生命始于四十"还是"死亡始于四十"，没有什么可以争辩的了，易经的阴阳互生、祸福相依好像说中了。人的生命和死亡同时开始，四十岁以前生命走得比较快，四十岁以后死亡走得比较快。

脱胎换骨

一家由华人经营的美容店，中文广告有"脱胎换骨"字样。某顾客把"脱胎"译成 Remove the Birth Mark，向法庭呈诉，认为美容院未能除去她脸上的黑斑，有欺诈之嫌。法院裁定顾客胜诉，但美容院说，脱胎换骨的意思是从心理上变成一个新人，不服裁定，提出上诉。

　　这场官司可列入中文教材。"脱胎换骨"之说出于道教，它的"本义"是陈述事实，即"胎"可以脱，"骨"可以换，凡体变为仙体，后来出现"引申义"，诉诸想象，就仅是一个比喻了。美容院把脱胎换骨解释为"从心理上变为一个新人"，就是用它的引申义。

　　不过美容院的服务项目有"除斑"，这位告状的顾客把"斑"和胎记联想在一起，把"脱胎"除去胎记联想在一起，似乎出于误会，也可能是美容院故意误导。要想使美国法官了解其中微妙，做出正确判断，恐非易事。

背面有字

　　新墨西哥州的一个居民到银行存款，使用银行放在窗口的存款单，并不知道这张存款单的背面有人写了字。

　　存款单送进窗口不久，警察一拥而入，用枪指着他，给他戴上手铐。原来那张存款单的背面有人写了一句话：这是抢劫，我有炸弹。

　　警察判断，写字的人是恶作剧，存款人正好碰上。但是这种事如果发生在另一个地方，恐怕没有这么容易洗刷。

　　这件事使我们学到什么？你在公共场所，如银行、邮局、餐厅，使用那里预置的表格，要翻过来看看，只要上面有人写了字，不管他写的是什么字，你都要另换一张。

20 世纪 50 年代，有人从香港把剪报寄到台北，没有翻过来看看，不知道反面印了一条新闻骂蒋介石，收件人的麻烦大了。

这种事防不胜防，但是仍然不毙不防。

七胞胎

艾奥瓦州一对年轻的夫妇，一胎生下七胞，七个婴儿都存活了，据说是医学史上的新纪录。

七胞胎的父亲在雪佛兰汽车公司工作，公司立刻送给他一辆全新十五个座位的箱型旅行车。他家的房子显然太小了，州长立即宣布替他盖一栋能够容纳七个孩子的新屋。各大企业的赠礼蜂拥而至，如一年免费的杂货，十六年免费的果汁，终身免费的尿布，还有玩具，洗衣机，七年的奖学金。

这个家庭接到无数电话，有人志愿来做保姆，替他们洗衣做饭，两家地方银行联合决定为孩子们成立一个基金会，据农业部估计把七个孩子养到十八岁，要花七十六万美元。

最高潮的是美国总统克林顿打电话给孩子的父亲，邀他到白宫做客。

这是典型的美国故事，以后恐怕也越来越难得了，值得记在这里。

移民辩护

纽约市议员朱莉娅·哈里索（Julia Harrison）忽发怪论，她说亚洲来的移民是殖民，是侵入者，"他们说我们听不懂的言语，出售我们从未吃过的食物"。她说亚洲人来了，乞丐、小偷、抢劫犯，还有傲慢无礼的店东都来了。

针对她的话，我写一短文如下：

现在有个流行的名词叫"解释权"，海峡两岸的中国人，都在争取对历史事实的解释权。美国主流人物一向对亚裔印象握有解释权，往往信口开河，咱们也要向他们争取解释权。

例如说，亚裔移民是殖民者，不是移民者，这就是错误的解释。移民者是拓建者，殖民者是侵略者，差之毫厘，失之千里。"走一条街要开汽车、搬一张桌子要动用升降机"的先进美国人，丧失了祖先的移民精神，后进新移民来了，"一不怕苦、二不怕难"，好像咄咄逼人，先进们心中的不安借着解释权的使用反映出来，咱们可以理解，但必须进行"反解释"。

　　所谓解释权，说白了就是"我说你是什么你就是什么"，所谓"反解释"，就是"告诉你我是什么，你并不知道我是什么"。

　　亚裔移民来了，乞丐也跟着来了，这种现象怎样解释？由于文化的关系，中国人比较愿意周济乞丐，乞丐寻找有能力施舍而又肯施舍的地方，出现了上述的形迹。请注意，唐人街、法拉盛闹区的乞丐，极少极少是亚洲人，分明是亚洲人来了，美国穷人增加了个讨饭的地方。还有，不要忘记，亚裔来了以后，劳工、商店、科学家、慈善机构也都跟着来了，货物销路、就业机会也都跟着来了。

　　如果说，亚裔移民来了，美国社会的骗案增加了，合理的解释是，亚裔新移民由于无知和孤独，是个可以欺骗的对象，可供欺骗的人增加了，骗案当然增加。他们受害，还要对罪案负责？统计一下吧，大骗子都是哪一族裔的人？怎么不去谴责骗子？

（摘录《度有涯日记》）

纽约小事儿

"卢梭"变"若叟"

美国经常举办选举，大选中选小选连绵不断。每次选举，选举局要发公告，告诉选民有哪些人竞选，选区内若有少数民族聚居，选举局要把通告译成少数民族的语言。

某一年有个候选人叫 Rousseau，中文通常译为"卢梭"，选举局却译成"若叟"。在中文读者的心目中，"卢梭"是法国的大思想家，浪漫主义大文豪，对这个名字具有预存的好感，光环余晖足以照耀天下后世无数的"卢梭"，忽然出现"若叟"，风云立时变色。州参议员高顿也曾被他们译为"苟丹"。据说选举局翻译人名依据一本字谱，从英文的音节去找对应的中文单字，他们忘了中文由"形""音""义"三大要素构成，也忘了两个方块字加在一起会产生新的意义。"seau"是一回事，"叟"是另一回事，"若"和"叟"分开是一回事，合起来是另一回事。

有人说，选举局为候选人取中文译名，应该参考中文报纸，这话未免对人太苛求了，他没有译成"若溲"，已经是万幸了。其实他们只要从任何报馆请一位编译，到选举局办公室的椅子上坐两个小时，为他们斟酌一番，就可以尽善尽美。这位候选人卢梭是意大利后裔，华人曾组团为他助选，中文文宣完全依赖这个助选团，华人中文，当行本色，咱们怎么连个中文译名都没替他照顾到？

说来说去还是中文水平有问题，候选团队自己拟定的译名也未必能为竞选人加一把力。某一年曼哈顿区长候选人 Bill Perkins 自己提供的中文译名是"颇恳思"，有几分低声下气。国会议员共和党候选人 Howard Mills，自己提供的中文译名是"何活·美陆士"（你怎么活？美洲大陆上只有死）。

也有成功的例子。记得竞选曼哈顿区长的 Eva Moskowitz 取名"马艺华"，竞选州参议员的民主党 Thomas Duane 取名"杜安"，市议员 Alan Gerson 取名"郭亚伦"，想来都是遇见了高人。候选人的译名泄露了一些秘密——他对中国移民的心态，他交游的层次，他知人用人的眼光。一个叫何活·美陆士的人怎能来做父母官，即使是公仆，也难叫人放心。

我爱大城市

记得当年台湾的高雄市利用电视鼓吹"我爱高雄"，消息还登上了纽约的报纸，以纽约人的眼光看，高雄是在模仿"我爱纽约"。

　　高雄已是大都市了，大都市总有一些不可爱的地方。名散文作家思果有一篇文章，描述小城小镇的优点，小城变大的损失。他说，小城小镇变大，一如孩子总要长大，令人无可奈何。不过，小城若不变大，犹如孩童不能成长，一定会永远可爱吗？美国有些小城小镇，百年来如一池死水，早已被世界遗忘，直到有一天，其中一个居民突然中了彩票，奖金好几亿美元，报纸描述这位幸运儿的家乡：人口流失，房子白送也没人要，选举的时候找不到候选人。美国当年煤业发达，带动地方繁荣，后来环保意识高涨，千方百计不用煤做燃料，煤矿变成废坑，小城小镇也衰落了。直到有一天，有个人出来竞选总统，他大声疾呼要救煤业，电视记者马上去那些小城小镇采访，只见房屋破烂残缺，门窗都是黑洞，街巷没有一点绿色。

　　还是让它长大吧，大城市总还有一些可爱的地方。可爱常被忽略，有待发掘。喝茶讲究茶具，用玻璃杯泡茶本来是一件非常无趣的事情，可是最近读到一篇文章，作者爱用玻璃杯泡茶，他说玻璃透明，可以看见茶叶在水中逐渐舒展，茶色逐渐扩散，别有美感，这是在使用传统茶具的时候无从领略的。成群的摩天大厦未必是水泥丛林，也可以看作两岸悬崖峭壁，中间马路上的车河仿佛溪流。整条街都是霓虹灯未必五色令人目盲，雨后新洗的柏油路反光，长虹铺地，人间天上。

　　"我爱纽约"运动推行以后倒也颇见成效，许多人的观感为之渐变。曾有新闻报道说，在曼哈顿，纽约市的精华地区，劫匪冲入一家餐厅，抢了老板也抢了顾客，劫匪走后，全体食客开酒压惊，并齐声高唱那首叫《我爱纽约》的歌曲表示抗议。想象他们钱包空空、举酒高歌的模样，幽默可爱。这一伙纽约客居然人人能唱市政府的宣传歌曲，足见宣传活动深入人心。倘若这事在高雄发生，必定是另一种场面。

　　纽约是国际大都市，受外来移民的影响，饮食相当多元，几乎汇聚了世界各国的菜馆，菜品质量也很高，堪称美食天堂。批评美国食物者常以汉堡为例，然而即使是汉堡，名店名产也令人垂涎欲滴，就像中国的饺子，上品和下品简直不能列为同类。纽约的一家菜馆门口贴了一张海报，大书不要只称赞中国菜，进来称赞我们的菜！不知何方神圣夸下这般海口，一打听，原来是一家菲律宾馆子。友人突发奇想，提议每天中午吃一个"国家"，多少天内吃遍"世界"，也算是一项纪录。大家爱纽约，兴致勃勃，但有始无终，因为花钱多。一家华人的电视台知道了，他们也爱纽约，立即设置了一个节目，每天介绍一个国家的馆子，但是也没有坚持下去，因为广告少。"我爱纽约"说来不易，做起来更难。

青春灯火

美国正派大学的学生并非尽是一群浮滑浪漫的青年，功课给他们的压力很大。以我工作过的那所大学来说，下课时间和中午休息的时间，到处都是把头埋在书本里的学生，他们特别喜欢坐在楼梯上预习功课，层层叠叠煞是好看。为什么爱坐楼梯？可能是因为这地方冬暖夏凉，离教室近，也擦拭得干干净净。

学校周围两三条街上的人家，多半会匀出一间房子租给学生住。到了夜间，这些人家总有一扇窗子亮着，人影偶尔摇晃，打字机常常嘀嘀嗒嗒地响（那时候笔记本电脑还没流行）。每逢夜晚从这些窗下经过，我就想起"十年寒窗无人问"和"三更灯火五更鸡"。

除了功课，大部分学生都要打工赚钱筹措学费。打工是美国教育的一部分，年轻人从这里学到的是：自立、与人相处、服务社会、预算，以及权利和义务的对等关系。美国父母要孩子到后院剪草，完工后付给酬劳，中国人不以为然，美国人的理由是从小给孩子灌输观念，教他们正其义就要谋其利，明其道就要计其功。打工的大学生渗入各个行业，《美国新闻与世界报道》曾列举大学生所兼的职业，计有旅馆、酒吧、医院、图书馆、消防员、零售商店、汽车修理厂、裸体模特儿。当然，我们不会忘记还有洗碟子。也有比较特殊的工作：供科学家进行睡眠试验，到殡仪馆抬棺材（要脸色阴沉的人）。

每年我都看见周围的年轻人瘦了，渐渐瘦了，经过暑假再胖回来，也有人一直瘦下去，瘦到大学毕业才算熬了过来。

有一位知名中国作家在 Berkeley（柏克莱，又译伯克利）大学修得博士学位，他写了一篇文章《首已皓而经未穷》，慨叹学习历程之漫长艰难。他把柏克莱译成"不可来"，既而又说，要来也可以，最好具备以下条件：1. 年轻；2. 有钱；3. 英文好；4. 善与指导教授和谐相处。

这位皓首穷经的博士在柏克莱求学的情形如何，我一无所悉。通常是，大学越好，教授越刁，尤其读文学，美国教授给你弄到几文奖学金，天天迫你替他找资料，把中文资料译成英文。等到你交论文了，他的中文不如你，犯了自卑的毛病，非要从英文里头挑你的毛病不可，他这么一挑，就耽误你一年，正好，他也需要你再替他干一年活儿。

据我所知，那位作家天分很高，英文也好，拖了六年才拿到学位，想是受了委屈。"善与指导教授和谐相处"这一条意在言外，吾人可以体会二三。我认识另一个人，在另一所大学，读了八年还没出头呢，他的美国白人指导教授著书立说，把舜当作禹的后父，把禹两次遭人谋杀都记在舜的账上，完全不知道还有一个瞽叟。但他挑中国高足的毛病头头是道，挑来挑去总是英文不好。中国学生的英文程度当然比不上他，即使有人能和他一样好，他也照样可以吹毛求疵。中国学生比美国学生还要辛苦。

一场输赢

美国官方用语，从亚洲移民来的人统称亚裔，咱们又把其中从中国移民来的人称为华裔。上一届人口普查的资料显示，亚裔移民的收入在全美各族群中最高，他们受教育的比例也最高。预料这一届普查的结果也是如此。华人重视子女教育，果然名不虚传。

每年暑假之前，华裔教育界人士纷纷举办演讲座谈，指点父母要如何如何，孩子才不致变坏。我辈新移民一听之下，十有九人暗暗叫一声惭愧！专家的耳提面命，他何尝做到？

美国学者对为人父母者提出"四十条"，像帮助孩子修改作业，帮助孩子与来自不同社会文化阶层的孩子交往，定期为孩子读有益的文章，帮助孩子寻找适宜的电视节目，和孩子一同上网。老天爷！

教育界设置的"张老师热线"说，父母要具备丰富的常识，进入孩子的世界，孩子会的东西你也要会，这才容易了解他。"作之亲"也就是"作之师"，美国有过"家长做师长"的运动。老天爷！

　　教育部长说，学生家长要参与学校的教育工作。儿童利益团体说，美国儿童面临十项危机，其一是父母在学校举行的活动中缺席。想想看，好险！我们新移民的孩子，有多少人曾经置身于此一危机之中！

　　美国总统克林顿说，和父母共进晚餐的孩子不容易变坏。多少父母连这一条也办不到。没来美国之前，没人告诉他这些，不知道养育子女这样"讲究"，既来之后，难得糊涂，轻舟已过万重山，天可怜见，咱们的孩子终于成材。不是专家不灵，而是祖宗有灵，皇天有眼，美国有正路。

　　带子女到美国受教育，也是赌命冒险，恭喜你赢了，且擦一把汗。

　　虽说美国是尖端民主国家，美国总统的女公子（她才十九岁）仍可用"金枝玉叶"来形容。尤其是东方人，难免对她有些古典的期望，至少，她还未成年，不会饮酒，更不会用别人的身份证谎报年龄买酒。多少比酒更好的东西在等着她呢！

　　新闻报道十分谨慎，只说酒店检举她"想"买酒，只说她的同伴"持有"含酒精的饮料。白宫发言人应付新闻记者的采访，他说，这是总统的家务事。好一个漂亮的躲避球！紧接着，第一夫人也说这是她们的家务事，对媒体的"渲染"有怪罪之意，咱们听来滋味就不同了。请恕直言，总统没有家务事，除非事情没公开。你想，连非法移民生病都不是他的家务事，政府必须给他医疗补助，以维持社区生活品质和公共卫生水准。

咱们华人读到这条新闻，真是感慨系之，在美国养孩子真难！专家们众口一词，为人父母者要有相当的知识水准，打工时间要适度，要懂得和孩子沟通的技巧，聚居的区域要对孩子有良好的熏染，才会教出孩子来。难道连第一家庭都不行？咱们的孩子该怎么办？

想想看，咱们移民的环境是什么样子，咱们的孩子已经很不错了，岂能尽如人意，心满意足待孩子吧。

人有远虑

法拉盛和唐人街的街头有几个定点，能干粗活的华人聚在那地方等工作，老板到那地方找临时工人。最近警察到那地方去抓人，罪名是"非法聚众"。

好吧，就算非法聚众，可议论的是警察处理的手法何其粗暴，不合美国的标准模式，倒是符合对付国际恐怖分子的步调。临时工人聚集的几个定点，十年前就摆在那儿，警察并没有放在心上，现在为什么慌张起来？"9·11"事件是个分水岭，在这个日子之后，反恐事亟，人权缩水，目前不过"八"字才有一"撇"，将有多少事"单刀直入"代替"繁文缛节"，咱们可要有心理准备。

"9·11"事件发生后，我曾说美国在国际恐怖分子的威胁下，可能放弃某些普世价值，这一猜测已初露端倪。美国政府规定，不可用暗杀手段对付敌人。现在美国国会若干议员开始松动，认为也许可以修改禁令，用暗杀对付恐怖组织的头目。美国警察逮捕犯罪嫌疑人，必须先通知他，你有权利拒绝回答任何问题，从现在起：你说的话都可能当作你犯罪的证据。这条规定正酝酿废除。还有，调查人员用不正当的手段弄来的证据，法院一律拒绝采用，于是犯罪率年年升高，破案率年年降低。我初来乍到的时候说过一句话：终有一天，美国人发现社会要付的成本太高，负担不起，现在好像时候到了，以后，若干不正当的手段都可能成为正当，包括窃听和刑讯。"新恐怖分子"穿透力强，美国的社会结构并非针扎不进，一旦兵连祸结，岂止兵凶战危？如果美国千日防贼，百密五疏，恐怖分子一再得手，美国社会势不能再老神在在，大而化之。

"9·11"改变了美国，恐怖攻击的战术，原是瞄准美国的生活方式和社会组织而设计的，不变何以制敌？如果恐怖攻击一波一波来，美国只有一个梯次一个梯次改，司法人员的权力或将增加，查察防范或将日趋严紧，人权的光环或将缩小，种族间的猜忌或加速萌发。

联合国人权事务高级专员玛丽·罗宾逊力主："美国必须显示出全力维护国际人权和人道标准的榜样，我们必须维护这些标准，同时有效对抗恐怖主义。"鱼熊兼得，技术上还没有成功的先例。现在历史上演"英雄救美"，一旦万马奔腾，斑马线作不得准儿，咱们要当心铁蹄践踏。纽约市长催促市民照常进行每日的生活事务，将担忧留给专业人员，在警察取缔待业的华工时，咱们看到了什么样的专业人员！纽约州长呼吁纽约客不应该改变每天的生活习惯，咱们至少得改变站在路旁等待雇主的习惯。美国会不会有一天也陷入平时与战时的矛盾，民主和集权的矛盾？咱们必须"戒慎恐惧"。

钢铁与人性

地铁是个鲁莽僵硬的机械巨兽，偶尔可以加入一点人性，即增加工业大都市阴森可怕的气氛。例如说，一位女乘客正想把婴儿车推进车厢，车门突然关闭，把婴儿车夹在两门之间，把婴儿的母亲排拒在门外，列车居然就这样开动了！

叨天之幸，车中乘客有人拉下紧急刹车的红栓，救了母子俩人。但是挂在车厢一隅的那个小棒槌并非人人会用，如果在那千钧一发的时刻，刹车红栓附近拥挤着一群新移民，个个手足无措，下文如何，岂堪想象？

当然，列车是照章行驶的，关门开动，有板有眼。正因为如此，冰冷的规律昭然，人间温情却不见了。为什么不能为那乘车的母子稍慢半拍？据说车上没装感应器，夹住了异物也不会自动打开，可是人的眼睛也是感应器呀！列车的长度应该在目力能够监看的限度之内呀！

以前，纽约市议长瓦隆和纽约市乘客权益组织，都曾提出数据，指责地铁赚了很多钱，却很少用来改善服务增加设备。可不是。到现在，居然还有一千四百辆车没装感应器。为今之计，只有立刻把这一类列车的行车时间表略微放松一些，并督促"人眼"发挥补救的作用。

本来，地铁站内常有见义勇为的乘客，用身体挡住车门，让老弱妇孺登车，颇能增加祥和之气，也预防发生意外事故。主管交通安全的当局说，乘客挡门延误行车，犯者罚款。婴儿艰难登车因此没人帮忙，地铁车门夹住乘客拖行的事故也全面增加了。为今之计，只有把这样的禁令马上废除，或是增列一项"但书"。

纽约有个"乘客权益组织"经常发表纽约市地铁服务的评比排

行，对运输局针砭监督。看评比，想起纽约市的地铁"常常加价，时时出事，永远闹穷。"举例来说，地铁车门常常夹人，市议长瓦隆曾经指出，六年之内发生了四百三十次车门夹人的事件。有一次，一位青年乘客被车门卡住，车身开动，月台上有人追赶呼喊，车长不感无觉，以致这位乘客被隧道内的阀门撞落右手。华人应该记得，2000 年 12 月某一天，地铁列车正在高速前进，车门忽然自动打开，车身摇摆激烈，三岁的华童梅伟成甩出车厢，滑入轨道死亡，全市惊骇，运输局传话出来，竟然怪孩子的父母失职。

（选自《小而美散文选》）

第三辑

直指文心

古典诗变奏

一

黄梅时节家家雨，青草池塘处处蛙。

有约不来过夜半，闲敲棋子落灯花。

——赵师秀《约客》

他说，今天晚上，他到我这里来吃一碗素面。

想起来了，今天是他的生日，每年生日这天他都吃素，这天他婉谢一切酬酢。来吃素面，算是来避寿了，他有这个想法，我高兴。

从昨天起，我吩咐厨房不烹鱼炒肉，不使用辣椒大蒜，让厨房的空气干干净净。除了面，应该还有几样小菜，我郑重参考了食谱。

黄梅季节，这一带整天下雨，人烦恼，青蛙高兴，大声合唱赞美诗。这一带，农夫挖了许多池塘，储水灌溉，立刻成了青蛙的家乡，这个族群不肯安安静静过日子，有事没事大喊小叫，先是一只一只接着叫，然后整个池塘一齐叫，然后一个池塘一个池塘接着叫，好像无形中有个指挥。

由他吧，等他来了，我们就能换一个世界。

可是他没来。

没什么，他说过，如果他不来吃面，一定是临时有什么事情绊住了，饭后他会来喝茶下棋。

什么事情绊住了他？那样潇洒的一个人。

面凉了，想起他不吃烫嘴的热面，温度高，妨碍口腔健康。他懂得爱惜，爱惜自己也爱惜朋友。连梅雨也爱惜，他说水变成雨也要经过一番修行，不容易。连青蛙也爱惜，他说一群不懂事的孩子在喧闹，也是天地间的生气。

好吧，泡好茶，摆上棋盘。

他说，这副棋子，这张棋盘，都有来历。哪里的石头，哪里的木头，哪里的工匠，都有名声。棋子，你用食指和中指夹起来，选好位置，放下，有训练，这种姿势也是文化。落子的时候有声音，用这一副棋，落子的声音不同，这种声音也是文化。

那就等看看他的食指和中指，听他落子。

可是，他也没来喝茶下棋。

他也说过，如果他连喝茶下棋也错过了，那一定是万不得已，但是，他最后还是要来，把他准备送给我的礼物带来。他说，马车停在门外，他下车站在门口，不进屋子了，授受之后，一揖而别。

可是这最后的承诺也没能兑现，他终于没有来。

到底发生了什么事情，我不知道，只知道青蛙沉默了，梅雨断流了，常言道雨夜如墨，今夜还要再加上一点黑。锣鼓卸妆了，管弦散场了，今天的生活结束了，灯芯草结了一朵很大的花。

我去朝棋盘上摆棋子，摆一个白子再摆一个黑子，好像两人对弈。无意识的动作，只要棋盘上有子，只要落子时有声。

下棋落子，有时需要仔细思考，思考很久，这时，手指捏着一枚棋子，轻轻敲着桌面，非常好听。也是无意识的动作，为了屋子里有那声音。

桌面轻轻震动，灯花落下来，我吃了一惊。

二

故园东望路漫漫，双袖龙钟泪不干，

马上相逢无纸笔，凭君传语报平安。

——岑参《逢入京使》

条条大路通长安，条条大路也都可以离开长安，看你朝哪个方向。出了门才知道路长，走到尽头才知道长安远。人才集散，往东走的人多，深入中原，一转弯东南鱼米锦绣。往西走，步步离开繁华，步步离开核心，离开舒适的生活，优雅的社交，如在其上的天恩。

东行无路，我决心西行。西行这条路比较坎坷，走进平沙莽莽黄入天的边塞，走进狐裘不暖锦衾薄的气候，脚下是战场白骨缠草根，住在有兽皮腥气的帐篷里。这样的拓荒者，班超做过，马援做过，我为什么一定要苦等收成田边拾穗？上路的时候，家里的人一直担心，水土不服，饮食不调，风俗习惯不适应，还有，战争的威胁。我得想尽办法不断告诉他们，我很平安。

没想到在这条路上忽然碰见你，你也是由长安西来的人，比我幸运，现在奉命到长安公干。我离开长安也是这条路，你回去长安也是这条路，我们都骑在马上，交臂而行，勒马相遇。你看我们的来时路多么长，这一头的太阳照不到那一头的长安。今天有幸相逢，你是我家的天使，我家的福星，可以替我带一封家信。我们都骑马难下，也没有地方可以找到文房四宝，只有拜托您口传一句给我的家人：他很平安！我的天使，我的福星，这句话你务必传到！

只要平安！他们别的不要。只要告诉他们平安，别的都不必说。你看，我很平安，骑在马上奔波，腰杆儿很挺，还可以顾盼自雄。你看，风中有些尘土，不碍我眉毛胡子神采飞扬，风大，我讲话中气足，你一个字一个字听得很清楚。至于工作嘛，只要听见平安二字，家里的人就知道很顺利，有成绩。我们是盛唐，天威在，士气在，四边伐鼓雪海涌，三军大呼阴山动。你我西行出塞，凭的是真本事，功名只向马上取，不像长安，可以凭朋党、凭门阀、凭皇亲国戚、父祖余荫。怎么会没有成绩？！

平安，平安，我这里抱拳一揖。平安，平安，你说这两个字你一定带到，有担当，有侠义之气。不知怎么，听见你这句话，我的眼泪一大串一大串往下流，睫毛挡不住，衣袖擦不干。平安，平安，出了门才知道不平安的事情真多，平安，平安，中国人想这两个字想疯了，燃烧竹竿，听竹竿气爆，砰！爆就是"报"，竹报平安。分手吧，祝你早到驿站，一天平安，早到长安，一路平安。千言万语都可以说，千万别说我流泪。

三

何人步虚南峰顶，鹤唳九天霜月冷。
仙词偶逐东风来，误飘数声落尘境。
　　　　　　——施肩吾《闻山中步虚声》

诗人说，我相信有神仙，空山是大自然给神仙留下的空间，我走进去体验仙凡之别。最好是秋天，有一点寒意，神仙不流汗。夜间，没人看见我，我也看不见别人，神仙不喜欢摩肩接踵。月光朦胧，神仙的面纱，我的神秘感。还有，绝对安静，人造的声音都是对神仙的亵渎。

静，除了静，还是静。人是制造声音的动物，秋天，声音比夏天少；夜间，声音比白昼少；深山，声音又比平地少；还有，修道的心清微淡远，隔音的效果比一般人好。俗话说，针尖落地的声音也听得见，在山中，游丝飘过也听得见，蚯蚓翻身也听得见，欲念萌发也听得见。但是这里没有游丝，没有蚯蚓，没有七情六欲，连这些声音也没有。今夜心中，第一画，伏羲未画；第一斧，盘古未劈；第一个玩偶，上帝未造；只有静，绝对的静。

没有声音就用不着耳朵了？不然，最响亮的声音，在没有声音的地方才可以听到。世界没有声音，你才需要耳朵；世界有声音，你最好没耳朵。"空山不见人，但闻人语响"，因为静，人声特别响亮，这个响字也特别响亮。这个响字不是给人家看的，是给人家听的。有些字，柳、雨、中、尖，给人看；有些字，鼓、刮、贱、砰，给人听；有些字，囡、幽、困、氓，给人想。诗人月夜入空山，作诗选韵，不押平声押上声，上声如乐器中的笛、武器中的箭、植物中的白杨。诗人把上声的强音释放出来，顶、冷、境，还有里、耳、好、老，字特别响，山也特别静。

　　对了，上声字也如鸟中的鹤。也是无巧不成诗，这时一鹤飞过，高空长鸣，清虚之气，沛乎苍冥。世上没有类似的声音可以比喻，世上也没有同音词可以状声，只能说，此声只应天上有，人间哪得几回闻。没人说鹤在他家里叫，它在天上叫，叫给神仙听，空山吸引东风，报之以余音回荡。这一声叫非同小可，秋月更白、秋露更冷、秋山更静、秋心更空。听见这一声叫，人的五脏六腑干干净净，刹那之间，自信也能御风而行。

　　常言道什么人玩什么鸟，武大郎有猫头鹰、庄子有鹏、成吉思汗有雕、林黛玉有鹦鹉、八旗子弟有画眉、苏东坡有鹤。秋夜，江上，静，表示他道家多于佛家。鹤是神仙的宠物，帝王的家禽，蓬门荜户养鸡养鸭，最多养鹅，鹅是鹤的模仿者，画虎不成。这天晚上，诗人明知是鹤，不信是鹤，他说，你看，说神仙，神仙就到，从我们的山峰凌虚漫步，吟诵辞章。

四

　　渭城朝雨浥轻尘，客舍青青柳色新。
　　劝君更尽一杯酒，西出阳关无故人。
　　　　　　　　　　——王维《渭城曲》

连日春风把柳枝染绿，拉长，早晨一阵细雨把高原的尘土压下去，这样的好天气好景色，旅行的人也要多住几天，你却要开始远行。

我们来送你一程，心里想的却是挽留。你看这一丝一丝的雨水，滴进一粒一粒的尘土，长出一棵一棵的禾苗，做成一粥一饭。你看这些人，和你同饮一口井里的水，同吃一块田地里长出来的庄稼，几乎是同时长出这一身结实的肌肉，你看我，我看你，亲切，顺眼。我们端起酒杯，真心希望你喝下这杯酒以后，突然决定卸下行装，说一句"我不走了"。

出门一步，条条大路。你沿着这条路走下去，有老人，没有你的父母；有炊烟，没有你的食物；有学校，没有你的同学；有教堂，没有你的菩萨。来，端起酒杯，再敬你一杯酒，问你在路的那一头，你得劳心劳力，花多少时间，把那些人变成朋友？在那遥远的地方，你真能把沙漠变成沃土？飞花落絮，飘零无根，你为何去受那样的苦？嫁出去的女孩泼出去的水，走出去的男儿灌下去的酒！来，喝下这杯酒，回心转意不要走。

一直揣想你为何舍弃这里的绿柳桃红，细雨轻尘。身上有脚，门外有路，路上有辙，风里有花粉，天上有太阳，日落的地方有鸡声茅店。想到鞋子，千里之行，始于足下，在家靠屋顶，出门靠鞋子。你需要鞋子，在河川一样的道路上，独木舟一样的鞋子。这里有几双鞋子，家乡人送你的鞋子，看着你长大的人，和你一同长大的人，用眼光量你的脚，用手心贴着你的脚心，一针一线缝起来的鞋子。无论你走多远，这几双鞋在你身边张着口，说你的乡音。

有人说，送人礼物，不要送鞋，鞋子造成离散。非也，鞋子只是在离散时保护你的脚。好好保护你的脚，脚在，故乡就在。不管走多远，别忘了写封信，带句话，做个梦。总要回来看看，家乡的井水都是你的茶，家乡的五谷都是你的饭，家乡的山丘是你的枕头，家乡的河流是你的血管，家乡的日月是你的钟表。你要走很远的路，以不同的环境，不同的身份，不同的心情，穿各式各样的鞋子。没人知道世上一共有多少种鞋子，你会有很多鞋子，穿破了的鞋子，穿厌了的鞋子，变了形不合脚的鞋子，受消费的欲望支配，买来不穿的鞋子。你在休闲时、工作时、运动时、赴宴时穿不同的鞋子，你在冬天夏天、热带温带穿不同的鞋子，你在落后地区和高度开发的地区穿不同的鞋子。有一天你回来，脚上穿着今天送给你的鞋子，这双鞋认得回家的路。

好吧，劝君更尽一杯酒，大风大雨一抖擞！

五

远上寒山石径斜，白云生处有人家。

停车坐爱枫林晚，霜叶红于二月花。

——杜牧《山行》

秋天，郊外，傍晚，坐着马车出游，天广地阔，马的脚步轻快，车轮无声，好像自动旋转一样。我的前生是鸟，现在飞上天空；我的来生是鱼，现在游进大海。享受吧，从办公室的压力下走出来，从书房的压力下走出来，纵横投射没有障碍的视野，吞吐微风中清凉的甘甜。

可是，我说，停车。

停车，因为我突然发觉山上的枫林红了，山像屏风一样把平面竖立起来，让我看那层层叠叠的红，深深浅浅的红。浮云散开，夕阳斜照过来，为枫林添妆，红得很成熟。

秋山气温降低，夜间白露为霜，现在只见草枯了，树枝秃了，夕阳斜照过来，山上凸起来的部分明显，凹下去的部分暗淡，做了这一片灿烂秋花的背景。由山脚到山中，人工用一片一片白石板，铺成一条歪歪斜斜层层叠叠的小径，通往枫林之中，小径和自然充分妥协，成为山景的一部分。穿过枫林，有一个小小的山村，他们为了坚固和舒适，盖的房子就王陋了，这等地方，总会有白云环绕，遮蔽败笔，上面浮着几片屋顶。

我幻想自己如何沿着这条石径走上去，走近那个通红的魔窟，里面只有精灵，只有熟透了的红叶落下来，很慢很慢，衣袂飘飘，在空中变换舞姿，比蝴蝶好看。蝴蝶有危机感，有假想敌，总是有那么多徒劳无功的躲闪，不给我们审美时需要的从容。

虽说是红叶，其实也有紫有褐有黄，主要的还是红，生命中最珍贵的颜色，上天一直珍惜使用，不知为什么忽然毫无节制地泼洒倾泻，把山染成一块半透明的红玉。红得如此奢侈，如此霸道，使人惴惴不安。天下太平，不过是风景罢了，不见刀兵，只有锦绣。夕阳有限，也许夜来风雨，大美只有瞬间。所以我说停车！这是今天的游程的终点，直到黄昏。

霜叶红于二月花，并非红似二月花，它不是春花的一个副本，一个随从。它在某一点上胜过春花。春花的万紫千红，是合唱；秋花的万紫千红，是呼喊。春花的万紫千红，是炫耀；秋花的万紫千红，是奋斗。春花的万紫千红，是化妆；秋花的万紫千红，是面具。春花的万紫千红，是诗歌；秋花的万紫千红，是戏剧。

六

梅子黄时日日晴，小溪泛尽却山行。

绿荫不减来时路，添得黄鹂四五声。

——曾几《三衢道中》

你要我把黄鹂和绿荫两个要素组成诗？黄鹂，绿荫，结合起来，你得有一棵树，乔木，多叶，而且在夏天。这样一棵树并不难找，虽说滥伐没有节制，飞禽还是不愁没有家。

黄鹂是像婴儿一样娇嫩的鸟儿，全身没有一粒风尘，为了诗，柳树垂下柔软的枝条，密密如帘，掩护它的襁褓。我没见过黄鹂在地上行走，也没看见它站在光秃的高枝上顾盼，为了诗，它拨开柳帘，探出上身，唱一首歌。柳帘的一片深绿衬托她的嫩黄，它一身的嫩黄又衬托着红色的长喙，黑色的眼睛，那画面，只要见过，不会忘记，它不是为了画，它为了诗。

为了诗，不能只有一棵树，得有一行树，这样才有一行浓荫，一条绿色的走廊。成行的柳树多半栽在河边，为了诗，不需要河，需要一条路，有了路，诗人才可以出游。条条柳枝都沾满离情别意，黄鹂的歌声一出，那些都成了陈腔滥调，柳浪闻莺，清雅轻快，牵牛花、杜鹃花、夹竹桃、野蔷薇，也都开了，四时行焉，宇宙还很年轻。

　　绿柳成荫，黄鹂安家，这时是初夏。初夏，梅子熟时，老天总是下雨，梅雨就是霉雨，人的精神在泥沼里挣扎，没有太阳也就没有浓荫，黄鹂深藏在密叶里，没有歌声。雨把人重新分类，路上来来去去有几个行人，没有游人。

　　诗人说，这不行，太委屈我们的黄鹂，太辜负上天的五月。诗人说我要晴，于是天天放晴，晴字一出，我们看见光芒，听见干燥的响声。晴！释放诗情，雨后的日光更热烈，柳荫也更清凉。为了诗，这条路上不可以有将军驰马，愤青飙车，小贩拉着你的衣袖推销土产。甚至，为了诗，雨后乍晴的第一天上午，诗人走过去的时候，黄鹂也默默无声，下午，诗人走回来的时候，它才忽然放开歌喉，它给诗人一个惊喜，诗人给诗一个高潮。

　　诗把世事的残缺补足了，把人生的残破修补了，从紊乱中调理秩序，诗人呼风唤雨，妙造自然。无憾的美感只在刹那之间，纵然诗是神咒，也不能月常圆花常好，黄鹂这样惹人怜爱的小鸟，数目年年减少，环保大限首先向你我心脏最柔软的地方进袭。诗需要它们，不能保护它们，我们看见诗的虚实。黄鹂一旦剔除出局，杜鹃花还能维持多久？诗人说，那不是我的事，诗只有七言四句，已经做成。

（选自《情人眼》）

声音

我们用文字写文章，文字有三个要素，字形、字音、字义。我们的文字训练一向偏重字形，笔画要正确，形状要好看。想想看，小时候认字，对"戊、戌、戍"三个字费了多少工夫，对"己、已、巳"三个字又下了多少工夫，老师特别教我们写"飞、为、家"三个字，认为这三个字的形状最难掌握，赶快征服它，以后写字可以减少困难。不许写错字，就是鼓励依赖字形；不许写别字，就是禁止依赖字音。所以，不知不觉，我们在使用文字的时候，都是有字无音的人。

我们看书，用视觉接受文字的传播。但是，有时候，我们也用听觉接受传播，例如听广播，这时候，字音就比字形重要。我们固然知道同是一个"恶"字，恶劣和可恶听起来不同，同是一个"差"字，差到和差遣听起来不同，仅仅如此还是不够，为了提高警觉，赵元任教授写过一段话，"石室诗士施氏，嗜狮，誓食十狮，施氏时时适市视狮"……每一个字都正确，每一句都听不懂。我们可以仿效他的办法，也写一段话："黏清仁，垓赌输的石厚堵疏，垓油系的拾后犹细"，每一个字都错了，但是念出来听得懂。

主持广播节目的人对声音特别敏感，也特别知道怎样使用声音的长处，避开它的短处。广播节目以有声音的题材为先，下雨比下雪好，吵嘴比打架好，打电话比写信好，过年放爆竹比贴对联重要，端午节龙舟竞渡比包粽子重要。中国第一部广播剧《笙箫缘》，1936 年在南京的中央广播电台播出，男女主角都是音乐家，不是画家。

　　算术题有鸡兔同笼，鸡有两条腿，兔子四条腿，鸡腿加上兔腿，你用二除不尽，你用四也除不尽，到底笼子里有多少只鸡、多少只兔子？这个题目为了诉诸听觉，另外有个说法：隔壁听得人分银，不知道人数不知道银，只听得每人四两多四两，每人半斤少半斤。从这里可以窥见一些诀窍，他把项目简化了，不分鸡兔，只有银子。他也把情况生活化了，鸡兔怎么会同笼，勉强把鸡兔关在一个笼子里，要孩子计算鸡腿兔腿，有些可笑，几个人平分金钱分不均匀，就比较有趣味，引人注意关心。还有，他用韵文，朗朗上口，适合诵念，容易记忆。

　　你也许说，我并不打算去主持广播节目。好了，言归正传，你总要打电话吧，总要跟人家讨论问题吧，也许要参加演讲比赛吧。在这个数位传播的时代，人人可能忽然成为新闻人物，那时麦克风、照相机都送到你面前来，你及早储备一点能力，吸收一点观念吧。

　　有一位学者研究戏剧的台词，发现咱们的语言有个缺点，很多话听不清楚，他说这个缺点可能是单音字造成的。他没有举例，我倒当场想到一个例子，我说"不要"，除非你当面看见我的口型，否则你八成听反了，上面这个"不"字模糊不清，下面这个"要"字发音响亮，上一个音为下一个音所吸收，造成的误会可大可小。我也想起"四"和"十"两个字纠缠不清，你说四，照例要伸出四个手指头，或者补一句"一二三四"，你说"十"，照例要翻开两个手掌，或者补一句"十全十美"，不过这是交了多次学费以后的事了。

我曾在台北的"中国广播公司"做编审、做节目制作人，总觉得公司的名字没取好，六个字读下去，越往下越有气无力，含混了事。后来知道台北市有个公共工程局，前面三个字嘴唇张不开，气出不来，嗡嗡然像鼻音，更不好。有个朋友办杂志，取名"读物"，我暗想糟了，全在嘴里堵住了，怎么能不胫而走，果然，办了几个月，关门了。当年台北引进 Taxi，不肯跟香港人学着叫"的士"，发扬中华文化，叫出租汽车，出、租、汽三个字，气从牙缝里出来，奄奄一息，叫车不顺口，满街都喊 Taxi，连不认识 ABC 的老人家也学会了这个英文字。

根据经验，听不懂的字多半是单音词，如果诉诸听觉，"国如大海中的船"，最好改成"国家好像大海中的一艘船"，"隋时的制度到了清时还没有废除"，最好改成"隋朝的制度到了清朝还没有废除"，"夏雨冬雪都不能没有"，最好改成"夏天下雨冬天下雪都不能没有"，"熄了灯，坐在那里等待窗明"，最好改成"熄了灯，坐在那里看什么时候窗户明亮"。行文时常常品味，油桶水桶听筒信筒，行动清洁悲哀节省，但是虽然已经然而，可以是一个字也可以两个字，是否两个字比一个字好？警局机场市府，可以两个字也可以三个字，是不是三个字比较好？

把单音词改成复音词，我们要看一看前人的大破大立。黄金白银苍蝇老鼠，前面硬是加上形容词，这时候我们可以明白，为什么老鼠一生下来就要称老。石头桌子窗户尾巴，后面硬是加上一个语尾，于是石有头，桌有子，人家窗是窗，户是户，硬要送做一堆。最亲近的称呼都两个音重叠，爸爸妈妈哥哥奶奶公公婆婆。为什么？我们应该从中得到启示。

都说中国的方块字一字一音，翻译佛经的时候，受拼音文字影响，发现汉字的字音可以分析，于是出现了声母和韵母，声母相同的字叫作双声，韵母相同的字叫作叠韵，根据经验，双声字和叠韵字都容易听错。甜豆浆咸豆浆容易听错，因为甜咸叠韵，所以要问加糖还是加盐。程家和陈家容易听错，因为程陈双声，所以要问程教授还是陈上校。这场比赛，我被日本打败，还是我把日本打败？这件东西卖多少钱？两元吧、两元八、还是两元半？无线电报务员常需要口头说出电码，电码不能听错，他们把1念成幺，把7念成拐，因为1和7叠韵，他们把0念成洞，把6念成陆，因为0和6

双声。这才避免多少丧师辱国。

最后最伤脑筋的是同音字，咱们字多音少，就拿手边常用的小字典来说，随手打开，一个屋字，阴平有 13 个字相同，阳平有 16 个字相同，上声有 15 个字相同，去声有 23 个字相同，合计 52 个字同音。人人知道同音字的祸患，民间流传多少用同音字编成的笑话。

山东省有两个城市，一个叫临沂，一个叫临邑。美国有两个地方，一个译成华府，一个译成华埠。文学有两个术语，一个是题材，一个是体裁。中国有两种鸟，一个叫雁，一个叫燕。台湾有位女作家，文章写得不错，署名邱季女，读者窃窃私议，她自己不知道。后来在报刊上失踪了，想是终于发觉不妥，换了笔名。有人给他孩子取名范桶，胡杜，王伯党。有一次，在某个场合，朋友给我介绍一位来宾杨慕时，我以为是杨牧师，酬酢中连连称他杨牧师，散场后朋友抱怨，你怎么那么不客气，连名带姓一直叫，我才恍然大悟。

由这些例证看，世人对同音字的警觉不高。读文章，常常碰到这样的文句：理行李（收拾行李？），在闹市闹事（大街上打人？），两人的意志一致（同心协力？），过着诗意的生活（失意的生活？），这件衬衫的价钱不止一百元（不值一百元？）。再看：又有优游自在的生活（又、有、优、游，四字回音），无所事事是世上最坏的习惯（事、事、是、世，四字同音），辩论会分正反两组，每组第一个出场的人叫主辩，下面接着出场的人叫助辩，主助难分，在会议中受到批评的人上台为自己发言，称为答辩，与大便难分。

有一个时期，咱们的学者专家讨论可不可以把汉语写成拼音文字。有人提出问题，同音字这么多，怎么能拼音呢，拼音以后怎么听得懂呢。有人提出答案，把单音词变成复合词好了，衣和益同音，衣裳和利益就分开了，成和程同音，成功和程度就分开了。警局，安理会，都是缩写，缩写是为了节省字数，节省字数是因为从前书写工具不便利，当每一个字都得刻在木板上才可以印刷的时候，当时要想办法少写几个字，现在还用得着吗？我们把警局写成警察局，把安理会写成安全理事会，还会听不懂吗？

还有，前贤说过，求简是文言文的习惯，文言文不能拼音，纯净的白话才可以拼音。古人说卵，你得说鸡蛋；古人说虽，你得说虽然；古人说羡，你得说羡慕；古人说聚，你得说见面。古人说火，那是什么？烧掉？火灾？战争？古人说治，那是什么？来做官？整理出来？天下太平？古人比赛求简，"逸马杀犬于道"得第一名，六个字写出来省竹简，印出来省木板，说给人家听可就要费劲儿，"一匹马从马棚里逃出来，在大街上能跑多快就跑多快，大街中心那条狗来不及躲闪，被那匹马踢死了"！我们在这里并非鼓吹拼音，我们只是讨论听得懂听不懂，前贤这段话和我们前面提到的单音词、复音词共鸣，这番话提醒我们，单音词多半来自文言，文章要人家听得懂，就得明白该不该使用文言，怎样使用文言。这是写作者一生必修的功课，这里先提个醒儿。

好了，到此为止吧。以上所说，偏重字音的负面作用。另有一面，利用字音制造谈话趣味，编织故事情节，增强表现的能力，那些是以后的事了。

（参考资料：《文艺与传播》，王鼎钧，三民书局出版。《广播与写作》，王鼎钧，《空中杂志》出版。）

（选自《作文七巧》）

画面

电视普及了，写作的人又添了一门功夫，用画面写作。

电视用画面呈现内容，改变了写作的定义。"写作是用语言文字表达思想感情"，这样说还不够，你得把思想感情变成画面，再把画面写成文字。

鼓励学习的人发现画面，捕捉画面，倒也并非完全为了电视。画面可以使文章的内容生动充实，让读者印象深刻。当年台北的中国语文学会多次举行"新时代儿童创作展览"，主其事者有意促使文字和图画相辅相成，就把比赛分成文字组和图画组，文字组写的作品交给图画组的去画，图画组的人画出来的作品交给文字组的人去写，通过评选对照展出。工作中发现，画出来的作品一定能写，写出来的作品未必可以画，因为有些文字没有画面。

"抬头望明月"有画面，"低头思故乡"没有画面，"那里有森林煤矿，还有那漫山遍野的大豆高粱"，有画面。"五号公交车最后一站，门口有一棵大榕树，树底下有公交车站的站牌"，有画面。"春天去了，还会再来"，没有画面，"桃花谢了，还会再开"，有画面。"人生如梦"，没有画面，"人生由牛痘、考试、喝啤酒、上网、结婚生子组成"，有画面。"心中道德之律"，没画面，"头上繁星之天"，有画面。"天离地有多么高，东离西有多么远"，没有画面。

"爱有多深，恨也有多深"，没有画面。"真理只有一个，所以很难找到"，没有画面。大凡名句，都没有画面。

我还记得，在新时代儿童创作展览里面，有一个孩子写他全家到植物园游玩，文章的重点是那个大池塘，孩子还没有能力描写那满塘荷花，但是写自己爱水，一片童心。他很想蹲到池边看自己的影子，把手伸进水里逗引游鱼，妈妈总是往后面拉，拉他离水远一点，抱怨池塘四周怎么不围起栏杆。孩子也有自己的想法，认为池塘四周应该有长椅，他们游戏的时候，爸爸妈妈可以坐下来休息。

图画组有两个人看图作文，提出两篇文章。两篇文章都对荷花尽情发挥，没写出来的都画出来，图画文章各有所长，图画又的确比文章讨人喜欢，这也就是后来杂志为什么打不过电视的原因之一。两位小画家又同中有异，一个在池塘周围画上栏杆，他大概也认为安全重要，另一个在池塘周围画上长椅，好像也觉得爸爸妈妈一直站在那里太累了，小小年纪，就知道用画弥补现实的缺憾，寄托自己的理想，很有意思。

看电视，不要只看故事有多热闹，明星有多漂亮，要看怎样经营画面。且说我看过的画面吧，太太劝丈夫戒烟，人世间有个奇怪的现象，越是亲近的人劝你，你越不听，父母劝子女，妻子劝丈夫，总是失败。这个能干的妻子想了一个办法，也就是编导设计了一个画面，每逢丈夫点起一支烟的时候，她就当着丈夫的面点燃一张钞票。丈夫说，太太，可惜了。她说，你也是在烧钱。她向他挥舞手中的火焰，他说，太太，小心，别烧了房子。她说，你也小心，别烧自己的身体，慢性火葬。这个画面很震撼，有力量。

另一个情节是劝丈夫戒酒。在生活中，大都是苦口相劝，太依赖语言文字了，也太沉闷了，电视依赖画面，我写过丈夫喝酒的时候，太太用酒浇花，窗台上花盆里种了花。当然，花死了。有一天，丈夫端着酒杯，走向窗台，想对花小饮，看见枯枝败叶，怔住了。佛教说人可以突然大彻大悟，现在确有其事。此人立刻决定戒酒，把酒杯酒瓶哗啦啦倒进垃圾桶，这个画面也不坏。

最近看到一部大戏，演出司马懿的一生，历史大事按下不表，且说司马懿到了晚年，掌握魏国的军政大权，他要除掉政敌曹爽。且看他上朝的那个场面，皇帝是个小孩子，离开座位走下来迎他，他说杀曹爽，灭三族，小皇帝照样念一遍，杀曹爽，灭三族，司马懿就算拿到了圣旨。文武百官排列两旁，只见躬身朝拜的背影，服饰一律，姿势一律，好像是装饰性的木偶，这表示朝中都是应声虫，没有杂音。他倒是俯伏在地，应对恭谨，但是整个大殿色调灰暗，他披着一件鲜红的披风，成为视角上的焦点，这表示他是大魏朝政唯一的重心。

然后看他退朝，一个全景，照出台阶之多，显示大殿之高，也照出台阶之长，显示大殿之大，每一层台阶上有一个卫士，他们靠边站，距离远，身形小，姿势僵硬，也是木偶。就在这个阶级森严的画面上，披着红色披风的司马懿像个旭日一样在顶端出现，一步一步走下来。以他的身份，他的年龄，身旁总该有随从照料，可是没有，编导故意安排没有，让他披风的红光充斥空虚的画面，显示他的权势，也看出他的孤独，让他像雄狮猛虎独来独往，落入弱肉强食的丛林境界。编导什么也没说，让图画自己显示，这叫作"会说话的图画"，不需要文字语言。

说画面，忘不了唐朝的王维"诗中有画、画中有诗"。王维的画没见过，诗流传很广，大概因为每幅画只有一张，诗可以印千本万本，熬得过天灾人祸，水火兵虫，这些地方文字比图画强。"明月松间照，清泉石上流"，月色一片光明，照见松林，显得松林幽暗，照见石上的泉水，泉水显得晶莹可爱，这种对光线的敏感和使用，正是画家的专长。"大漠孤烟直，长河落日圆"，现代人佩服得不得了，说这是抽象画，几何图形，稀有难得。

王维不但写静止的画面，还写流动的画面，"竹喧归浣女，莲动下渔舟"，一群女孩子，结伴到溪边洗衣服，她们穿过竹林中的一条小径，回来了。竹喧，可以解释为竹林里传出来她们说说笑笑的声音，也可以解释为安静的竹枝忽然哗啦哗啦响，因为浣女擦身经过，碰撞了、摇动了它们。不管是哪种声音，都不固定在一点上，都会流动延长，形成"动画"。"莲动下渔舟"，可以解释为渔船要出去打鱼了，从家门口种了一片莲花的池塘里开出去，这一池的莲花莲叶都摇摇摆摆，好像是欢送。也可以解释为看见莲花摆动，就知道渔船要出去作业了。我比较倾向竹喧而后知浣女归矣，诗人是有视角的，王维写的是一个极静的环境，竹本来不喧，莲本来也不动。从他的角度看，这两句立该不是倒装。不管是哪一种解释，这两句诗都是写动态，动态也延长继续，不固定在一点上。这种"动画"更使人想到电视电影。

其实不止王维一人诗中有画，"人面桃花相映红"，崔护有画；"傍花随柳过前川"，程颢有画；"似此星辰非昨夜，为谁风露立中宵"，黄景仁有画；"一片降幡出石头"，刘禹锡有画；"惊涛拍岸，卷起千堆雪"，苏东坡有画；"无边落木萧萧下，不尽长江滚滚来"，杜甫也有画，而且是动画，画面的景象不停地更新，你什么时候想到它，它都是一幅新画。到了银幕上，画面就固定了，永远是那样的落叶、那样的江水了，这又是文学胜过画面的地方。画面并非为电视而存在，只是电视需要画面，使我们想起画面重要，只是现在有电视，我们比古人多了一个机会。

画面，小说里头也有。《红楼梦》第五十回，大观园众家姑娘在芦雪庵赏雪联句，宝玉成绩太差，应该受罚，李纨罚他到栊翠庵讨一只红梅来插瓶，而且限他独自一个人前往。栊翠庵是妙玉出家修行的地方，妙玉是一个年轻漂亮的尼姑，她见了宝玉会有很微妙的反应，这些不去管它，单说宝玉一个人扛着一支红梅在雪地上走来，就是很好的画面。与其说《红楼梦》的作者写到此处考虑怎样罚宝玉，毋宁说他在考虑在此处穿插一个什么样的画面。

散文里面也有画面。我喜欢湖，曾经用画面写湖。我说湖比山亲切，湖中看山，山变成平面上的色彩线条了，有画意，第一个发明绘画技术的人，也许是在湖边恍然大悟。当时是夏天，湖中的山林真个翠绿欲滴，想象秋天满山红叶，满湖霞彩，想象冬天冰封雪飘，只见地上一块无瑕的玉石。当时是晴天，想象风雨动静、明暗变化，一湖变千湖。当时是白昼，想象夜间湖中有月，俨然宇宙初造。想象它春天娇美、夏天慵懒、秋天冷静、冬天孤傲。有一个湖，你就有这么多，多到你没法离开。

连论说文都有画面。他说工作要专心，立刻奉送一个画面：右手画圆左手画方则不能两成。他说做事要得法，懂窍门儿，加上一句"吹箫，一头吹得响，一头吹不响，你应该知道吹哪一头"。他说要珍重你现有的，不要只想你没有的，你看：二鸟在林，不如一鸟在手。他成大事立大业要不拘小节，即使是上帝，他也得"江河万里，挟泥沙以俱下"。

当年梁任公痛感中国人暮气沉沉，缺少冒险进取的精神，希望我们的民族年轻起来，他发过下面一段议论，你看他句句是画面：

老年人如夕照，少年人如朝阳。老年人如瘠牛，少年人如乳虎。老年人如僧，少年人如侠。老年人如字典，少年人如戏文。老年人如鸦片烟，少年人如白兰地酒。老年人如别行星之陨石，少年人如大洋海之珊瑚岛。老年人如埃及沙漠之金字塔，少年人如西伯利亚之铁路。老年人如秋后之柳，少年人如春前之草。老年人如死海之潴为泽，少年人如长江之初发源。

（参考资料：《文艺与传播》，三鼎钧，三民书局出版。）

（选自《作文七巧》）

文言白话

我们现在写的是白话文。白话是以北京话为中心，以黄河流域下游通行的语言为底本，吸收文言，吸收方言，吸收外来语，调成的一杯鸡尾酒。我得多说一句：这是事实如此，并非我主张如此，我知道有人认为不该如此，我不参加争辩，也不能等争辩结束再谈写作。

现在要说的是，白话文吸收文言。为什么既有白话，又有文言呢？这个文言从哪儿来的呢？有学问的人说，语言有变迁，古人说的话跟今人说的话不一样，古人的"哂"，到了今人就变成了笑。有学问的人又说，古人写字很不方便，能少写一个就少写一个，"郑伯克段"，是说郑国的国王把一个叫共叔段的叛臣打败了，消灭了。文言求简，跟语言拉长了距离。

文言是根源，白话是发展，前辈作家先学文言，后写白话，他们的白话和文言还不能水乳交融，常有夹生的现象，像一锅米饭没煮好，熟饭里头有一粒一粒的生米。举例来说，"他曾提出要求，但我并未允"。这"未允"两个字就是生米，如要全锅煮熟，恐怕要写成"没有答应"，前面的"但"要改成但是。

再举一个例子，"膏将尽了，剩一团黑影"。膏，肥肉，油脂，可以指蜡烛，成语有焚膏继晷。膏将尽了，蜡烛快要点完了。"膏"

字在这里很夹生，"将尽"本来还可以，和"膏"字连起来一并夹生。这样写有什么必要呢？没有，只是一时挣不脱文言文的束缚。

想那新文学运动开始的年代，前辈作家都是先学好了文言，后提倡白话，他们说要写好白话文，你得先学好文言文，他们在文言转化为白话的时候还不免常有败笔。这是我们今天后学要继续研习的功课。今天我们先学白话，后学文言，和先贤的轨迹不同，文言白话两种教材，两种教法，对学习者产生两种不同的影响，这两种影响到了学习者身上，一时还不能相生相长，学文言，不能增加他使用白话的能力，学白话，不能增加他欣赏文言的能力。我们得努力克服。

是不是可以放弃文言、专写白话呢？前贤也有人主张一清见底的"阳春散文"。首先要说，把这样的散文写好也不容易。然后要说，写儿童读物，写文盲的启蒙读物，当然需要用这种散文。但是，这可以是我们的一种散文，不可以是我们全部的散文。作家还要有更广更深的表达，那时他会发现，他需要文言，需要方言，需要外来语，甚至需要自己创造一些词汇，一些句法。说个比喻：写作如博弈，筹码要多；写作好比经商，资源要丰富；写作好比作战，你得有各种武器，有了机枪还要有步枪，步枪瞄准精确，可以狙击；有了步枪还要有枪榴弹，枪榴弹可以射击消灭死角；有了炮兵还要有空军，空军可以轰炸敌人后方；有了空军还要有火箭。你去看看，雕刻家有几种刀，书法家有几种笔，乐队乐团有多少乐器，单说你的钱包里也不能只有一张大钞。

基本上，文言可以尽量兑换成白话。文言："渊源有自"，白话："水有源头木有根"。文言："不合时宜"，白话："六月卖毡帽，正月卖门神"。文言："沉鱼落雁"，白话："狗见了不咬，鸟见了不飞"。文言："百足之虫，死而不僵"，白话："瘦死的骆驼比马大"。文言："否极泰来"，白话："十年河东，十年河西"。文言："明足以察秋毫之末，而不见舆薪"，白话："虮子在路上过都看到了，老牛在路上过倒没看见"。文言："相惊伯有"，白话："活见鬼"。文言："江河日下"，白话："一年不如一年"或"一代不如一代"。平时读书或听人谈话暗中留心，随时记下，兼收并蓄，增加武器，储存资源。

当前有一个趋势，读过文言文的人越来越少了，顺应这种趋势，除了学术论著，你我为读者大众写文章，文言的成分越少越好，用文言典故显示学问根底也许疏离了许多读者。文言典籍，我们仍然应该大量阅读，但是避免直接使用。要懂得变化吸收，文言才可以使我们的白话文写得更好，那些不爱文言的读友们，还是可以从我们的白话文里摄取文言的营养。

我曾经建议一种办法，自己也做过，用白话溶解文言，文言失去自己的面目，实际上仍然留在里面。我们读过"兔脱"，可以写出"敌人突围成功，他们跑得比兔子还快"。我们读过"借鉴"，可以写出"派人出国考察，借个镜子照一照"。我们读过"沧桑"，可以写出"那地方本来是秘密警察总部，现在是反对党办的电视台；那地方本来是神学院，现在是舞厅"。我们读过"摩顶放踵"，可以写出"如果怎样怎样，我这辈子情愿头朝下，脚朝天"。我们读过"鬼斧神工"，可以写出"完成这样的工程，真得有上帝那样的工作能力"。我们读过"死伤枕藉"，可以写出"尸体倒下来，压在伤兵身上，伤兵又倒下来，压在尸体上，层层叠叠"。文言不是求简吗，我们把它打包装箱的东西释放出来，就是白话了。

　　破解文言，还原白话，我称为演绎。我写过："下棋落子，有时需要仔细思考，思考很久，这时，手指捏着一枚棋子，轻轻敲着桌面，非常好听。也是无意识的动作，为了屋子里有那声音。桌面轻轻震动，灯花落下来，我吃了一惊。"这段话我演绎了"闲敲棋子落灯花"。我写过："我离开长安也是这条路，你回去长安也是这条路，我们都骑在马上，交臂而行，勒马相遇。你看我们的来时路多么长，这一头的太阳也照不到那一头的长安。"我演绎了"故园东望路漫漫"。我写过："你沿着这条路走下去，有老人，没有你的父母；有炊烟，没有你的食物；有学校，没有你的同学；有教堂，没有你的菩萨。"我演绎了"西出阳关无故人"。我写过："春花的万紫千红，是合唱；秋花的万紫千红，是呼喊。春花的万紫千红，是炫耀；秋花的万紫千红，是奋斗。春花的万紫千红，是化妆；秋花的万紫千红，是面具。春花的万紫千红，是诗歌；秋花的万紫千红，是戏剧。"我演绎了"霜叶红于二月花"。我写过："我也觉得东风没有自己的家，与其继续漂泊，何如和你我比邻落户？我们何其盼望六合回春、四季皆春，这样的成语能成为现实的描述？谢谢你，为我们共同的心愿，你呐喊了几千年。"我演绎了"不信东风唤不回"。

有时候，我使文言和白话并列出现。我写过："未有学养子而后嫁者也，他老人家哪里料到，新娘学校在学生未结婚时教她们怎样养孩子，那些十几岁的大姑娘小姑娘先学妊娠知识、哺乳知识，还要加上避孕知识，不但学养子而后嫁，还学'不养子'而后嫁。"我写过："君君臣臣父父子子，君臣父子都知道自己担当什么样的角色，都照着古圣先贤编定的剧本念自己的台词、做自己的动作。"我在放进文言的生米之后紧接着用白话蒸煮，不让它夹生。

另外一种情况，我还写过："初恋是不会忘记的，刻骨铭心，奈何我后来嫁给别人了，嫁鸡随鸡，嫁狗随狗，你不能希望我东家食而西家宿。"我还写过："爱情，深闺似海不能禁止，男女授受不亲不能禁止，父叫子死不得不死无法禁止。爱情莫之为而为，莫之至而至，爱情行其所不得不行，止其所不得不止。"这是先用白话铺陈，后用文言确认，一锤定音，回响满纸。

　　由此可见，文言和白话都可以是同篇文章的一部分，彼此相通相成。现在，《古文观止》不论哪一种版本，都在每篇文章后面附一篇白话翻译，你读了那样干干净净的译文有没有怅然若失？这样一篇文章如何"观止"？为了打破语言的障碍，翻译特别偏重字句兑换，使译文中完全没有文言的成分，流失了艺术精华。新文学运动的先贤告诉我们："古人叫作欲，今人叫作要；古人叫作至，今人叫作到；古人叫作溺，今人叫作尿……古人悬梁，今人上吊；古人乘舆，今人坐轿；古人加冠束帻，今人但知戴帽。"但是，今后的白话文学，绝非把"欲"换成"要"，把"溺"换成"尿"，就可以了事。

（选自《作文七巧》）

绘画感受

电影《凡·高传》

《凡·高传》叫人为艺术家难受。

凡·高，这位后期印象派绘画的大师，应该是稀有的天才。但是，请看他怎样做人，请看他怎样对付生活。他是那样的蠢，那样的笨，那样的低能。他一行一言，你为他焦急，每做一事，你对他失望。

世人都将因揣测造物者的用意而迷惑坠失。凡·高，这一副几乎不能及格的皮囊，竟是肉眼所不能觉察的泰山。他粗陋的手指能制作艺术的瑰宝，在他猥琐的仪态后面藏着高贵的气质。一个贫穷的小人物，却是增加全人类精神遗产的魔术师！既然如此，当初造物者对凡·高为何只像是毫不经意地抓了一把物质？为何要使他所施的与所受的如此不能相称？

许多艺术天才都像凡·高，做"不得已的游荡者"。在他们的遭遇里，社会好比是一个个的方格子密排而成的；家庭是小方格，职业是小方格，婚姻、朋友也是。而他们是庞大的多角形，无论摆在哪个方格里也不合适。他们，像凡·高，不会做人子，不会做丈夫，不会做朋友，也不会做部属，只会做艺术家，拙于一切而只精于绘事，失欢于人间而独得妙旨于画布，这种人命定是坎坷的。

他们，像凡·高，都有一份扶着的精神，看似浑浑噩噩，一旦抓住某种东西就死不放手，直到既精且能，出神入化。这是艺术家的精神，也是科学的精神。有此精神的人，看似傻，实不傻；而世上那些滚动着不生青苔的石块，看似聪明，其实未必聪明。但做后面这种人，庸庸碌碌，无所得亦无所失；做前面那种人，纵所得甚多，同时损失也十分惨重！所以，为庸人易，为天才难！

忘记是哪位说的了，"艺术家只有用最少的精力去应付生活，才能用最大的精力从事创造"。善哉言乎！诗人拿刮胡子的工夫移用于观察和想象，以致囚首垢面。天才若仅只是这样，则危险不大，痛苦不深，还带着喜剧的意味，凡·高不然，他远远地超过了这个限度。他没有做人的一切快乐，他在五伦之间全不得意，何以故？"艺术"不准他。历史上偶然也有春风得意的艺术家，但那不是凡·高。凡·高是艺术的奴隶，是艺术之神的一件工具，他的工作成果尽管丰富，本身却一无所有。这样的"人"焉得不疯！

看过《凡·高传》，使人暗想："幸亏我是个庸人！"庸人有许多特权，不但可以坐享艺术家的成就，还可以侮辱艺术家的心血，如凡·高当年所遭遇到的。罗素曾经表示：艺术家比起科学家来处处吃亏，假设有一人看不懂相对论，他会判定是由于自己的程度不够；但若他看不懂一幅画，马上批评这画不好。我们希望最好的作品能雅俗共赏，事实上却不尽然，韩文公"大惭大好，小惭小好"，白居易"仆之所重，时之所轻"，凡·高把心肝呕出来，看见的人说那是不能消化的猪肉，人当此境，焉得不疯！

看凡·高的画，叫人"战栗"。他用的彩色那样浓、那样壮丽，那线条的诡奇，是把宇宙重新组织过了的，他强烈的主观扭曲了一切物相，使人为他的固执所困扰、惶恐。他画的天空似是几万万年前或几万万年后的模样，那时地球尚未凝固，或是正在销熔。那样的画，不但画的人要疯，看的人也要疯！

悼念凡·高，令人默祝"庸人"的水准普遍提高。只有大家靠天才略近一些，今后这样的悲剧才可减少。

这样一个艺术家

画家李山和我是抗战时期一同穿草鞋的流亡学生。抗战胜利，他雏鸟回巢，我飞到东北、华北觅食，各人面对自己的命运，断绝音信。社会加工造人，他画画，我写文章，重逢已是四十年后。

那时我在纽约，他来纽约开画展，我从报纸看见大幅报道，跑到画廊相见。经过称名忆旧容，相悲各问年，他带我看画。主调是天山风光，最抢眼的是成队的骆驼。我小时候见过骆驼，卖药的小商人牵着这么一头怪兽沿街招徕顾客。那天我在李山的画上见到的骆驼是一个全新的生命体，大雪纷飞，骆驼在荒漠中逆风前进，满身积雪，腿如铁铸。万物一色，与冰雪俱化，而骆驼是历劫不灭的生灵。这骆驼不是那骆驼，它不是由上帝创造，而是出于艺术家之手。

那时李山在美国已立定脚跟，他的骆驼开始得到美术馆和私人收藏家的支持，中国移民也啧啧叹赏。这"啧啧"二字并非滥用词语，除了少数人得天独厚，中国新移民都是骆驼，劳苦，沉默，坚忍。哪家墙壁上不挂一幅"能耐天磨真好汉"，或者"若非一番寒彻骨"？可是怎及得李山笔下一步到位，触及灵魂。李山度一切苦厄，修成正果，我辈有为者亦应如是。骆驼何幸，天地间有个李山，而李山不仅有骆驼，还有大地山川，芸芸众生，画廊四壁琳琅，显得李山的空间很大。古人说坐拥书城等于封侯，那天李山站在画廊中简直就是个小小的国王了。

若干年后李山定居纽约，他住在所谓"好区"，没有公车地铁，我不开车，见面稀少，但是信息多了。他不度假，不参加交际应酬，每天沉思、读书、作画，不动如山，倒是应了个"山"字。他不造势求名，桃李无言，下自成蹊，倒是应了个"李"字。几次画展都非常成功，画作不断选入大部头的、国际性的画集。伪造李山画作的专业人才也产生了，鱼目永远希望混珠。

这些年，这位老学长常常做些小幅花鸟，清新宜人，好像不嗔不怒，接近"万物静观皆自得"的境界，"胸中已无少年事"？倘若如此，但愿如此，我们都要最后与命运和解，释放自己，也释放别人，缺憾还诸天地，天地产生艺术。他早先那种沉重苍茫的画风，我们惊撼，可是也心疼画家。现在的画风仍然脱俗出众，可是令人恬淡平和。李山在国内原是名画家，出国后变成大画家，将来也许可以变成伟大的画家。有些画家时间越久、距离越远就变得越小，李山可能不同。

可是李山形容憔悴。同来的画家多半养体移气，面貌变化，而今像个员外，李山依旧憔悴。原来他完全素食，而且吃得很少。他只喝清水，拒绝茶酒羹汤。现在倡导"低碳"的生活，表扬出家的和尚，李山的"碳"比苦行僧还要低。他吃素无关宗教信仰，他认为不该为了延续自己的生命而去杀害另一个生命，他质问人有什么资格那样做，他似乎要为自己的生命健康主持公义，胸中仍有不平之气。

也许他是把一切飞禽走兽都看成自己的画了，他是像珍惜自己的画一样珍惜它们。这样好的画家，这样好的人，一生没有任何享受，我看画画也未必是他的享受，而是他的燃烧。艺术，艺术，你是何物，直教人生死相许。艺术之神不仁，以我辈为吐丝的蚕，鲁迅说，牛吃的是草，挤出来的是奶，他可曾想过蚕都在吐丝的时候绝食。我这样说，其辞若有憾焉。其实是希望有心人想一想，自古以来又有几个这样的艺术家，而今而后是否还能产生这样的艺术家？这篇文章的标题难定，我几乎想用"最后一个艺术家"。

天地成全

站在李山的画前，我想到才情、功力和思想境界。

我想假如有两位画家才情相等，他们的作品应该由功力见高低。假设两人的才情、功力都一样，他们的作品应该由思想境界分上下。

当然，假如（仅仅是假如）两位画家的思想境界相等，那又得由两人的才情、功力决定名次。总之，才情、功力、思想境界，三者都很重要。

画家李山先生20世纪60年代在中国成名，四十年来忠于艺事，功力深厚，技巧纯熟，无论用墨用水，控线控面，计黑计白，若静若动，都是大家路数。1986年我们在纽约相遇，我问他十年"文革"期间如何继续作画，在"那个十年"，学校解散，教师下放，图书馆关闭，域外的艺术交流断绝，我想他丧失了一切成长的凭借。他回答我："只要上头有天，下面有地，我就能画。"我听了几乎掉下泪来，这就是说，他的画"师造化""法自然"，自有不竭的源头活水，这只有天才可以做到。

说到思想境界，那就得推崇他画的骆驼。他画骆驼和古人画梅兰竹菊一样，有象征、有寄托，看山不是山，看山又是山。李山使骆驼脱离反刍偶蹄类的行列，将之提升到人文的层次。任何人都知道20世纪60年代、70年代中国发生了些什么事，那时的中国人变成什么样的人，而中国人又凭什么挺下去，熬过来。苦海似乎无边，而中国人终能到达"彼岸"。李山"纳须弥于芥子"，用骆驼展示无量众生的无穷历程，有同情，有赞叹，也有祝福安慰。这样的骆驼单凭天分和功夫是画不出来的。

我想骆驼难画。论肌肉线条之丰富，它不及马；论姿态表情之变化，它不如猫；论色彩图案之艳丽，它当然不如孔雀。偶一画之则可，以此成为名家则难。可是李山偏爱骆驼，锲而不舍，百之千之，终使骆驼成为艺术形象。

看李山的画，骆驼给我的感觉是，第一，它是压不倒的，任重道远，昂首长征，比较起来"压不扁的玫瑰"就显得纤巧。第二，它宠辱不惊，祸福不计，大行不加，穷居不损，比较起来"宁鸣而生、不默而死"就显得急躁。骆驼在最恶劣的天气里行过最难走的沙漠，背负重担，有驱使无怜爱，这种境遇，李山画出来了。骆驼的背上不论有多大重量，它总是态度从容，不动声色，时时抬头挺胸，似乎要仰天长啸，这种精神，李山也画出来了。骆驼一身皮毛臃肿坚韧，唯有那脸部肌肤，如孩童少女，赤子之心，无限生机，若隐若现，这一下子拉近了骆驼和"人"的距离，对骆驼有了"彼亦人子也"的戚戚之心。这时候，我不免自忖：他画的岂止是骆驼。

骆驼之外，李山也画了许多跋涉万里的男女老少。那些人或骑在骆驼背上，或坐在骆驼身旁，不管经过了多么凌厉的风沙，在日落衔山举火为炊的时候，个个依然朝气蓬勃，精神抖擞，没有沮丧也没有感伤。日之夕矣，山气阴沉，但余晖之下，眉须有光。

我想，那些年，李山在新疆，天苍苍野茫茫而众神默默，他与许多"沙漠之舟"朝夕相看，有一天忽然像庄子那样，不知骆驼是"我"，抑或"我"是骆驼，或者忽然像佛家所说的那样，缘起不灭，与骆驼互为今生来世。

李山有许多大画，画成群的骆驼，画面规格为大远景。他渲染荒山大漠，风雪满天，一群骆驼似乎是世间仅有的生物，向命运进发。如果画面上也有树林人家，那也要骆驼回头时才看得到，前景永远是苍茫混沌，"虚无"有时可以占画面三分之一以上的空间，人和骆驼逼处一隅，所受的压力极大。如此这般，李山表现了对人间无限的关怀。他说的那句话，"只要上头有天，下面有地，我就能画"，也就进入了宗教的境界。

　　1981 年初李山仓皇来美，一无依傍，但艺术自古有价，他先后在十二所院校演讲，六大城市展览，六个国家地区的博物馆收藏了他的作品，风风光光的维持专业画家的身份。这正应了先知以赛亚说的："压伤的芦苇，他不折断。"如果你观察过芦苇，你就知道，芦苇浑身是上下纵列的纤维，所以折而不断，扑而复起。然而"人是会思想的芦苇"，有思想所以有感情，有感情所以有艺术，让艺术表现其感情和思想，道在蝼蚁，道亦在骆驼。读李山的画，我感悟良多。

看生肖画展

牛年得牛

这些年，圣约翰大学的李又宁教授常常提倡文艺活动，去年开始办第一次"十二生肖绘画展览"。今年第二次举行，三十位知名的画家提供最近的作品。去年属鼠，今年属牛，牛的故事比老鼠多，姿态变化也多，牛跟人的感情也比较深厚，今年的展览比去年更丰富、更热闹。

牛是我们非常熟悉的一种动物。现在艺术家用他强烈的主观给牛一个崭新的精神面貌，这些牛不是上帝造的，是艺术家造的，这些牛不是蒙古牛、西藏牛、河南牛，这些牛是世上没有的新品种，这就是参天地之化育，让我们惊叹，扩大了我们的眼界，给我们许多启发。

展览会对美术家很重要，就像音乐会对音乐家一样重要，像出版对文学家一样重要。但是办展览不容易，需要很多的条件，幸亏文教中心有这样一个场地，幸亏有李又宁教授这样热心的人，艺术品和欣赏者可以会合起来，各取所需，皆大欢喜。我是属牛的，按照自然规律，今年应该是我最后一个牛年，今天展出的作品，我非常喜欢，看了又看，恋恋不舍。

希望这个活动年年举办，不要中断，寅虎卯兔，辰龙巳蛇，先把这一轮十二年办完。十二年后从头再办，到了那个时候，李教授、李院长、李会长呼风唤雨的本事就更大了。我预料他除了美术展览，每年要唱一台戏。子年五鼠闹东京，包公的戏；丑年天河配，牛郎织女的戏；寅年狮子楼，武松的戏；卯年嫦娥奔月……在座就有评剧、昆曲的专家，他一定可以排出戏码来。年年有余，明年会更好，十二年后更是好得不得了！但愿人长久，年年如意，岁岁平安。

附记：

我参观画展，应邀致辞，我说我属牛，按照自然规律，这年应该是我最后一个牛年，这天展出的作品，每一幅我都非常喜欢，看了又看，恋恋不舍。在场听众鼓掌，兆钟芬教授马上把她参展的一幅牛送给我，不得了！这真是送礼送到刀口上，这幅画因此成了让我最动心的一幅画，这幅画是我的无价之宝，生死之交。如果我下一个牛年仍然参加生肖画展，我打算把这幅画带去，当着主办人李教授，画家兆教授，回顾这一段因缘，给文坛添一掌故，给当天的媒体添一条新闻。

虎年看虎

　　虎年处处有虎踪，看虎的人络绎不绝。到动物园看虎，虎容倦怠，虎姿萎靡，虎身半卧，虎目半开，它完全不知道值年当令，也不接受远来瞻仰者的热诚，年假期间，雨雪交加，老虎再迎头浇一瓢冷水，留不下愉快的回忆。

　　到生肖画展看虎，光景不同。这几年画家年年以生肖为主题作画展出，今年四壁琳琅，环视皆虎，一虎一姿态，一幅一精神，一人一风格，丰富而集中，仿佛万虎列队，各展风华，受你检阅，万物之灵与百兽之王在此交会，这才有点像开年庆岁的大事，画展能，动物园不能。

　　老虎很有看头，比去年看牛的人多，明年如有兔展，也未必有此盛况，还是虎的号召力大，出门俱是看虎人，很多作家朋友都来了。"文"这个字本来指虎皮上的花纹，写文章也等于画虎，用另外一种画法。我们都是纸老虎，纸上的老虎，我们都在纸上安身立命，秀才人情一张纸，李杜文章也是一沓纸。网页也是广义的纸，所以成"页"，有P1、P2。虎年是作家画家共同的本命年，写写画画都有流派，成一时风气，风生从虎，虎虎生风，换成我们的语言就是管领风骚。

　　"画虎画皮难画骨"，非也，艺术家画虎画皮也画骨，也画血肉，也画神经。"画虎不成反类犬"，非也，画虎不成也像猫，猫也可爱，爱猫及虎或爱虎及猫的人都有。画虎成功虎像人，像武松、关羽；还有一位画家说他画的是林黛玉、史湘云；危峰只虎，苍茫独立，亦如陈子昂登幽州台之时，幼虎嬉戏，童趣盎然，或者是我少年不识愁滋味之时。画虎画出人性来，画出人的气质来，民胞物与，本是同根生。这些你到动物园怎么看得见！

　　没有纸就没有这些虎，可是纸里包不住虎。画画儿是把立体的东西用线条移到平面上，如果画得好，看画的人又从平面恢复立体，画中的老虎跳出来，在我们脑中、口中、文字中，瞻之在前，忽焉在后，装在文化传播的船上漂洋过海，成为受保护的稀有动物，写在艺术史上，千年以后化为木乃伊。没有纸没有老虎，有了艺术就不再有纸。这些虎被艺术家驯服了，没有凶性，它们是美丽的宠物。我们来看展览，欣赏回味，都可以带几只老虎回去。

马年看马

　　为什么说"马到成功"？历来成大功立大业的人物离不开马，英雄、宝剑、名马一向并举。人和马一同战斗，一同生活，一同成长，人马一体，合成一个巨人，"人马"连接成一个名词。马到成功，马到人也到，马到精英到、人杰到，于是成功也随着来到。

　　为什么成大功立大业的都选中了马？马有各种优点，它强壮高大，负重载、走长途，而且速度快、反应快。马勇敢忠诚，和主人有高度的默契，将军上马作战，双手舞动兵器，用两腿两脚指挥他的坐骑，良马自能体会主人的需要，配合战斗。马有惊人的记忆力：人在彷徨歧途时，马去寻归路；在没有水喝时，马去寻水源。

　　所以"马"是人才的代称，岳飞和宋高宗之间有过"良马对"，句句说的是马，句句指的是人。论语："骥不称其力，称其德也。"说的也是人。伯乐相马，几乎就是识拔人才的另一个说法。千里马愿意遇见伯乐，也愿意遇见项羽、关公、周穆王、唐太宗，它有入世的怀抱，奉献的热忱，良马配良将，双方都是佳话，也都是幸运的。

　　马年走马运，但愿出货的遇见识货的，买金的遇见卖金的。圣人出，马在马槽里吃草；圣人不出，马在荒郊野外吃草。良马愿意吃槽里的草，所谓圣人就是领袖能发掘人才。马愿意为知己所用，不做隐士，人世的快乐和辛酸，耻辱和光荣，马永远分担。马不负人，英雄也不负马。

　　马的线条俊美，神采飞动，可能是最美的动物，观赏的价值很高，至少在"六畜"之中排名第一，以下牛羊犬豕不能相比。现在有一种说法：审美标准是白种人定的。也许"蒙娜丽莎"的美是洋人定的，骐骥骅骝之美却是咱们中国人定的。《新闻周刊》有一篇文章说得好：斜眼、缺唇、癞痢头，任何民族都不认为好看。

　　我在"辛巳"除夕前三天作文，想起成语"虎头蛇尾"。岂止蛇尾不足观，虎尾也是强弩之末，戏剧结尾简短有力，称为"豹尾"。大抵动物的精华全在头部，对付"蛇尾"最健康的态度是，早早与"马首"挂钩，马从头到尾都好看，古人称赞马的尾巴像彗星。有位画家画马，专从马后着笔，夸张尾部，很有创意。

　　古人给马看相，认为良马"头方、腹张、鼻大、唇急、耳近、脊强"。前辈大师徐悲鸿所画的马，多半采取此一形象，果然气宇轩昂。《百年中国画集》里有张鸿飞画马，十五匹马排成分列式队形，看画的人站在校阅的位置，居高临下，想见群马"所向无空阔"，必然"马到成功"。

　　马来！广东画家杨宁平展出骏马，华裔艺术家李健文在邮票上设计肥马，台湾六十一位艺术家，以铜、锡、木、草、皮革、陶土、玻璃为材料，塑造成种种"无可名状之马"。世界日报艺廊也将展出虞世超的变形马。

　　看马，想起移民委屈了多少上驷之材。一等画家做油漆匠，小儿科名医当保姆，文学批评家当印刷工人，他们都在等待伯乐。

羊杂碎

依中国农历，今年乙未，十二生肖属羊，美国总统奥巴马向华人贺年，他说："不管你是过公羊年、山羊年还是绵羊年……大家都快乐。"小区的广东茶楼传来议论，这位总统说话俏皮，亲切，没有官架子，民选的元首到底不一样；也有人说，总统代表国家，这种官式谈话还是应该庄重一些，他怎么像个写杂文的！

想我当初新来乍到，适逢羊年，也是岁首，老板问我这个羊年是什么羊？山羊，绵羊，公羊，母羊，还是小羊羔？我从未想到这是一个问题。英文为每一种羊命名造字，却没有一个字概括所有的羊，所以成了问题。总统拜年本是为了广结善缘，要尽量周到，不可对任何一部分人造成挫折感，奥巴马总统采取列举法，也许正是他郑重其事的一面。

英文的山羊绵羊都不是"羊"，倒很像中国名家的"白马非马"，连羊肉羊毛都另外造字，不怕麻烦。英文的这种走势，有学问的人称之为"分析性的语言"，同时称中国的语言为"综合性的语言"，并且认为世界语言正由分析性的语言走向综合性的语言，这句话咱们中国人爱听。无论如何英文也是很成熟的语言，产生了那么多世界名著，"专用名词"之上应该有"普通名词"统摄，英文一向造词勤快，年年增添许多新词，中国的羊年早晚会提醒他们填补这个缺口。

羊年的"热词"是三羊开泰。泰，舒适也，安乐也，畅通也。开泰，转运了，局面扩大了。羊跟开泰有什么关系？本来没关系，羊跟"阳"有关系，"阳"跟开泰有关系，"三羊"既是三只羊，又是易经"泰"卦里的三个阳爻，这叫谐音双关。易经六十四卦，每一卦有六个符号，"泰"卦开头的三个符号都是阳性，于是形势大好。三羊开泰是吉利话，常说吉利话就会发生吉利事，有学问的人说不是迷信，语言影响思想，思想影响行为，行为影响结果，"说曹操曹操就到"，说财神财神也就到。我在这里敬祝各位看官三羊开泰，六合同春，百事如意，千祥云集。

每逢羊年，许多画家爱画三羊开泰，他不能画"阳"，也不能画"羊"，他得画山羊或绵羊，这是绘画的特性，也是传统绘画的局限。经过当年老板的考问之后，我很注意画家到底画什么羊。传统的画，三只羊紧紧聚在一起，好像同心协力的样子，我看见的多半是山羊，大概因为山羊比较阳刚，适合开泰，山羊的特征也比较明显，此外或者也有男性中心的思想。油画或水彩，往往是两只山羊一只绵羊徜徉在草地上，好像互相没有多大关联，也没有什么重责大任需要扛起来，自由的色彩很明显。我没见过三羊开泰有幼年的羊羔参加，大概因为"嘴上无毛，办事不牢"吧，这完全是成人的观点了。

广州号称五羊城，相传饥荒之年有五位仙人骑羊送来稻穗，然后仙人升天，五羊化为石头。现在广州有一座高大的五羊石刻纪念他们，以一只站立的山羊为主题，四周围绕着两只小羊在嬉戏，一对母子羊在哺乳。这五只羊不是当初仙人的坐骑，雕刻家把它改变了，五羊造型不同，雕刻家挥洒的空间大了，象征着世世代代的传承，寓意也深了。今天画家笔下的三羊恐怕也到了脱出前人窠臼的时候。

值此羊年，天赐话题，《世界日报》以大标题报道，"蒙古作家升狼烟，轰狼图腾"。《狼图腾》是姜戎写的长篇小说，以 600 页的篇幅深入描写狼的习性和生存技能，凭"弱肉强食"的丛林法则肯定了狼也诠释了蒙古人的历史文化，认为蒙古人有狼性，汉人有羊性。现在蒙古作家郭雪波公开驳斥姜戎的看法，认为这本书丑化了蒙古人。

蒙古人有没有《狼图腾》，按下不表，汉人有没有羊图腾，跟我们羊年的闲话有些关系。中国人，适可而止，不为已甚，己所不欲，勿施于人，好像是羊，可是轩辕氏怎能率领一群羊开辟鸿荒？从古至今那些仁人志士、英雄豪杰、圣君贤相你能说都是羊？十四年抗战的前线后方你能说都是羊？你可以说汉人本来是羊，汉蒙通婚以后才有几分之几的狼，我也可以说汉人本来是狼，创造了农业文化以后才有几分之几的羊，是耶非耶，一言难尽。

　　蒙古人都怎样怎样，汉人都怎样怎样，这种口气叫作"全称肯定"或"全称否定"，我所知有限，从来不敢说得这样大、这样满，世界人口已超过六十亿，我认识几个？中国人口已超过十二亿，我了解几个？即便是羊，我也只从两三个品种之中观察过十只八只。不过小说家是可以"以偏概全"的，是可以"充类至尽"的，这是另一类穷而后工，这个"穷"是穷尽一切手段推向极端。《狼图腾》因此名满天下，也因此谤亦随之。

　　依达尔文的学说，生存竞争，优胜劣败，所谓"优"，看谁比谁更凶猛，看谁比谁更狡猾，看谁比谁逃得更快，或者看谁比谁更会隐藏，这是大自然建立的法则。后来有人引用这个法则来评说人类的生存现象，称为社会的进化论，也有人提出人类社会有"文化保护"，"弱肉强食"受到文化保护的抑制。在人类社会里，狼性未必"优胜"，羊性未必"劣败"，论天演淘汰，金丝雀、波斯猫早该灭绝，人类把金丝雀养在笼子里，把波斯猫养在地毯上，把一些观赏植物种在温室里，"文化"给它们布置一个生存环境，绵延不绝。即使蒙古人也养羊，养那么多的羊，他们就要把狼射死。人生得失未必全凭巧取豪夺，老天疼憨人，庸人多厚福，聪明反被聪明误，这些话也无法完全推翻。

　　即使在丛林之中，也有少数个别的例子发人猛醒。雄狮是百兽之王，依丛林法则，它应该称心如意，无往不利，其实呢？《圣经》

上说"少壮狮子，缺食忍饿"，我看不懂。后来读闲书，才知道狮子威震一方，它往什么地方一站，周围多少米以内的动物都能感受到强烈的肃杀之气，马上远走高飞. 所到之处，戒严净街，它想找一点吃的就难了。书本上说，它会饿得受不了，连自己窝里还在吃奶的"婴狮"也吃掉。皇天后土，呜呼哀哉！令人难以想象。

　　在人类社会里面呢？这种情形就更明显了。若有人太精明，太自私，太凶悍，加上太能干，这种人的远景并不看好，若说优胜劣败，这些反而成了他的缺点。他可以占许多小便宜，但是大家也防范他，阻挡他，隔离他，朋友不敢支持，长官不敢拔擢，连打牌三缺一都不希望他入局，所有的人形成一个包围圈，瞧着你，等着你，有运气你就一飞冲天吧，或者你就在沾沾自喜中油尽灯干吧。

　　看资料，《狼图腾》的作者姜戎先生历经三年灾害、十年动乱，一生缺少文化保护，个中滋味，点滴在心，这应该是他创作《狼图腾》的原动力吧。他插队内蒙古，与狼结缘，找到了文学的符号，别有会心，《狼图腾》应该是他人生经验的隐喻。这一部浩浩荡荡的长篇小说应该是他的"忧愤之作"吧，满纸荒唐言岂止一把辛酸泪？这部作品能畅销，能在国外得奖，能拍成电影卖座，也算是老天给他的补偿吧。恭喜他！题外之言，点到为止，咱们仍然预祝三羊开泰，不指望三狼兴邦！

这猴不是那猴

到了猴年，咱们对猴子突然充满了敬意好感，称之为金猴、吉猴、灵猴，金装银裹，改变外观。又利用"侯"字同音双关，画猴子坐在枫树上，说是年年封侯，画猴子叠在马背上，说是辈辈封侯，改变它的内在。你看咱们中国人并不马马虎虎敷衍了事，一不做，二不休，把"猴"的语音改变了，词性也改变了。长得猴美，睡得猴甜，心情猴好，运气猴顺，吃得猴香，熬得猴急，意思是很美、很甜，很好，很顺，很香，很急。十二生肖有个猴年，咱们避不开，躲不过，那就迎上去，改造它，这猴不是那猴，改造它就是改造命运。

我平时很难看到猴子，到了猴年，到处有猴子的照片图画，有机会仔细看看，生肖画展中更是蔚为大观，文字变图画，图画变感觉，感觉洋洋乎溢出图画。

猴子的确像人，其实所有的动物都像人，至少它的某一部分像人，或者它在某个时候像人。猪，当它站立不动的时候，单看它的眼睛，像个受苦的思想家。雄鸡，当它左顾右盼的时候，像冲锋过后余悸犹存的军官。牛，辛勤耕作，它是四肢服从、眼睛反抗的汉子。鸟，像人，才有"小鸟依人"这样的成语。狗，像人，才有"徐青藤门下走狗"这样的传言。也可以说，人像禽兽，某种人像某一种禽兽，或者人在某种情况下像是某一种禽兽，"众生平等""众生一体"之说，也许是从这里得到灵感。

画家本领大，画马牛羊鸡犬豕都画出它的人性。艺术，尤其绘画，能培养民胞物与的心，李又宁教授是有心人，他结合画家画生肖，人来看画，觉得我们和马牛羊鸡犬豕本是同根生。画猴挑战大，已有的语言歧视负面表述太多，人的成见深。画猴也特别成功，猴子身上"人的成分"明显，进化论者说猴子是我们的表亲。艺术由神造的猴子变成人造的猴子，由山上的猴子变成纸上的猴子，由动物学的猴子变成美学的猴子。没人愿意把猴子养在家里，但是愿意把画挂在客厅里，没人专程到动物园看猴子，但是愿意到画展来看这些画。猴年，报纸、杂志、电视、网络，数不清的猴子，最好的猴子还是在这里，发扬人性，培养慈悲心，体验上天好生之德、不忍之心。

十二生肖无贵贱，生一个孩子属牛，再生一个孩子属兔，他不会想到牛比兔子值钱，生一个孩子属龙，再生一个孩子属老鼠，他不会想到龙在天上，老鼠在地洞里。不管属什么，十月临盆，天下父母心，都是迎接一个新生命，生命的价值相等。

什么人说过，如果不能拿动物当人，就会拿人当动物。来看画吧，学习拿动物当人，从猴子开始。

鸡鸣一声

"鸡"年，画家应景，照例画一只雄鸡，雄鸡羽毛的色彩丰富，形象也撑满画面。没听说画母鸡，也没听说中国的女权主义者提出抗议。

鸡年的生肖画展雌雄平均，连雏鸡也有地位。十二生肖谁最漂亮？将校说是马，农工说是鸡，龙并不好看，凤好看，据说凤的原型就是公鸡。我不做研究，茶余饭后，道听途说。记得小时候，家中杀鸡是大事，如果杀公鸡，小孩子都来抢鸡毛，都想要最长的那几根，一根鸡毛可以拿在手上玩一个月。

鸡最能代表农业社会的小家庭，雄鸡是那么勇敢，负责任，母鸡那样慈爱，小鸡那样讨人喜欢，充满了希望。雄鸡走在前面，高视阔步，后面母鸡带一窝小鸡，咕咕咕，唧唧唧，两代合唱，温馨。"家"这个字惹人议论，宝盖下面为什么是猪，我认为应该是鸡。我早年流浪在外，常常看见鸡想家，看见猪我不想家。

咱们大概都有黎明前听见鸡叫的经验，雄鸡的叫声洪亮优美，朝气蓬勃，世界上最可爱的闹钟。据说制造军号的人就是从雄鸡得到灵感。"鸡先远处鸣"，总是一站一站传过来，万鸡起落，声闻百里，引发人的豪情。我们的社会生活也仿佛这样，同声相应，同气相求，形成风气。鸡年生肖画展的现场配音最好放送鸡鸣，雄鸡一声天下白，闻鸡起舞，风雨如晦、鸡鸣不已，鸡声茅店月都录了音，拿到这里来放送。

公鸡老了，到某一个年纪，就不叫了，就像老母鸡不生蛋了。我这只公鸡已经老了。从前种田的人家养鸡，过年过节杀鸡加菜，先杀不叫的公鸡，再杀不生蛋的母鸡。我们小区慈悲，敬老尊贤，恤老怜贫，对不叫的公鸡、不生蛋的母鸡很客气，还鼓励我叫，来来，叫一声，试试看。

年年看十二生肖画展，我一年一年度过，人生不是一条抛物线，人生是一个圆周，由起点到终点，你以前经过的事情，后来再经过一次，并不重叠，前后遥遥相望。

"十犬"十美看画展

岁在戊戌，生肖属犬。新春网上流行的贺词是："十犬"十美，旺旺旺旺！年成好，人人运气好，俗称旺年，犬吠汪汪，同音双关。

在纽约，一年一度的生肖画展，已成为大众的期待，戊戌佳期又到，进场一看，大厅四壁一半是西画，一半是国画，全是狗，狗进了画，都是美。这么多的狗，这么多的美，得此因缘，琳琅一堂，所谓"十犬"十美，还嫌说得不够。场地不算大，但网络时代的空间观念，超出建筑物的局限，进场看画者人手一机，已经立刻把他们心爱的狗送到千门万户，天涯海角，一传百，百传万，一个人做的事，全人类都可以看。

今年参展的画家，国画部分以王懋轩教授和他的得意弟子为主，他的一幅画，红瓦粉墙半掩于花木之中，一只母狗带领两只小狗守候门外，题词曰"盼主归"，恰是基督徒的声口，"天上荣光归真神，地上平安人蒙恩"，善良的愿望溢于线条色彩。西画部分以张哲雄会长和他的杰出会员为主，他以野外一株伞状大树为主景，树下一男子沿小径绕树而行，已到树前，一只家犬远远相随，尚在树后，相互形成画面的张力与均衡，好看。他俩是今年生肖画展的两大支柱。

两者之外，尚有画坛名家方书久、大泽人、兆钟芬、朱云岚等人应邀前来，共襄盛举。大泽人教授所画的狗，直立人行，用他从隶书发展出来的线条，使今年的生肖犬穿着方形的大红袍，迈方步，很像是评剧中的卿相。用他自己的说法，他"从传统中越雷池一步"，饶有创意。兆钟芬教授进一步发扬了也提升了民俗趣味，两只白狗，脚下踩着绿地，草丛里闪烁黄金，口中衔着招财进宝的红色斗方，煞有介事。这位祖母级的画家色彩特别鲜明，线条特别遒劲，朝气焕发，好像带领我们向流年迎战。

我在会场里想到，去年鸡，今年狗，有人说是鸡飞狗跳。鸡飞狗跳也是生活，也是生命力，也是对挑战的回应，吹皱一池春水，是因为来了春风。还记得内战中深入农村，不见鸡犬。非常安静，也非常恐怖，因为人类社会不应该那么安静。

我在会场里想到，当年有一句话，"华人与犬不得入内"，那是我幼时最重要的爱国教材。现在看见华人进来了，排华的法律取消了，亲属移民放宽了，华人社区一个一个出现了。华美族这个名词也成立了。然后，我们看见美国邮局阴历年发行的生肖邮票，美国财政部阴历年发行的吉利钞票。狗也堂而皇之进来了，我们的阴历年，众议员孟昭文女士提案，国会承认了，公立学校也放假了。

2018 年 2 月 16 日大年初一，美国的特朗普总统发表农历新年贺词，他说："全体美国人民与亚洲及全世界所有庆祝农历新年的人们，一同庆祝狗年新春。"那段话很长，也很典雅庄重，不折不扣像个总统。他说："狗代表着正直、可靠、诚实等品质。这些品质同时也是全体美国人称赞与珍视的。这些品质构成美国国家实力与繁荣的基础，也引导着美国与邻国、友邦以及伙伴国家的发展关系，美国将继续秉持这些价值观。"（《世界日报》译文）

你看，狗也进来了。狗年流行的贺词有了一份英文版：go go go, won won won！

（选自《滴青蓝》）

书法欣赏

临帖

　　书法家大概都临摹过王羲之的《兰亭集序》，当年羲之先生乘着酒兴一挥而就，字写错了，涂改，字写漏了，在旁边添上。后人临帖，故意写错涂改，故意脱漏增添，我觉得奇怪。有学问的人告诉我，整幅兰亭有整体的美，改错补漏也是构成整体美的"零件"，我们临帖时想象羲之先生书写的过程，亦步亦趋，紧紧跟随，体会、吸收那美的形成。

　　一个字有一个字的美，整幅字有整幅的美，改变一个字，可能丧失了这个字的美，更可能局部影响全体，破坏了整幅的美。在这种考虑之下，字形比字义重要，所以这种美称为"形式美"。《兰亭集序》说"一死生"是虚诞，"齐彭殇"是妄作，对佛家、道家并不客气，后世佛道学书仍然临摹兰亭，王家后代出了一位禅师，继承了发展了王家的书法，可能是那时临摹兰亭次数最多的人。再看"石鼓文"，内容歌功颂德，可是那些"安能摧眉折腰事权贵"的人不在乎，照样一笔一画写石鼓。再看甲骨文，记载占卜的吉凶，有些书法家知道"龟，枯骨也，蓍，枯草也"，照样也一笔一画、诚心诚意写甲骨。这时写字的人都不在乎内容意义，重要的是摄取形式美。

我看过一位牧师写的毛笔字，问他怎么牧师也临兰亭，他说"恨王羲之没写过主祷文"。然后，他说，"我以后写主祷文可以用兰亭体"。听他这句话，我知道他明白形式美是怎么一回事了。兰亭序变成兰亭体，就摆脱了文字意的瓜葛，成为天地间的一美。只是修到那一步谈何容易！

书法本身是不说话的，这里有一幅字，写的是一首唐诗，那是诗在说话，不是书法说话，那首诗的意义不能决定那幅字的高下。字有意义，字并不等于书法。王羲之写"送橘三百枚"，他的字是无价之宝，我写黄金三百两，反而不值一文。黄山谷有一部帖，提到他爱吃苦笋，大家都爱看，如果我也写一幅字，写我吃满汉全席，能比他更受注意吗？黄山谷写《范滂传》，一连写了三个"恶"，都"不恶"。《兰亭集序》里面有"痛哉"，有"悲夫"，从《古文观止》里读这篇文章，感受到痛和悲，看王羲之的法帖，忘了痛也忘了悲。原来书法的价值不在字的意义，它另外有一个重要的成分，形式美。王羲之的字那么了不起，大部分因为形式美，小部分因为有历史价值，至于他写什么，并不很重要。

我们不一定会写字，一定要会读帖，把字帖当书一样读，受它的熏染。我不会写字也喜欢读帖，一部法帖百看不厌，教人探幽寻胜，流连忘返，教人心旷神怡，宠辱皆忘。难怪佛教有书画僧，难怪信佛修行的人可以由这里进入禅境，也难怪我们可以脱离字义，对形式美心领神会。

欧阳询给我堂堂正正、严阵以待的美；黄山谷给我纵横捭阖、奇正互用的美；铁线篆给我简洁挺拔的美；行草给我回环往复的美。有一天你的议论文居然可以纵横捭阖、奇正互用了，你的抒情文居然可以回环往复了，你的文章跟那些法帖的内容没有关系，跟那些书法的形式美有了神秘的联结。这是怎么一回事，谁也说不清楚，只能说"祖师爷赏饭吃"，恭喜你了。

"赓续性"

"赓续"是咱们的祖产，"赓续性"是翻译家的新词，指连绵不断。为什么不说继续、不说连续呢？继续是前一个结束了，穷尽了，后一个接上去，好像一支蜡烛点完了，灭了，换一支蜡烛点上。大自然并不是这个样子，它是深更半夜的时候昼就出现了，"白"就来稀释黑，黑白双方可以用百分比计算的方式消长，直到日正中天，夜又来了，黑又出来悄悄地给白染色了。这是生中有

灭，灭中有生，过去之中有现在，现在之中有未来，所以另外立一
个名词，表示这种特性。

　　咱们古圣先贤在这方面的体会很深刻，他们老早就说，阴中有
阳，阳中有阴。福中有祸，祸中有福。生死兴亡都是有无相生。他
们制定历法，居然在最冷的时候立春，立春以后还要下大雪，再过
一个多月到春分，才代替冬天。他们在最热的时候立秋，立秋以后
还是汗流浃背，再过一个多月到秋分，才代替夏天。我们把一天分
成昼夜，把一年分成四季，把一生分成少年、中年、老年，把历史
分成古代、近代、现代，都是人类为了自己方便勉强划分，其实它
本来浑然一体。

　　古代的艺术大师教我们"法自然"，向大自然学习，其中最要
紧的一课是学它的赓续性。以书法为例，它的一个字并不仅仅是一
个字，第一个字还没写完，已经开始写第二个字了，第二个字还没
写完，已经开始写第三个字了，它写第三个第四个字的时候，也还
在写第一个第二个字，每一个字除了本身的完成，也都是上一个字
的成长，下一个字的诞生。他写到最后一个字并不是结束，他写第
一个字的时候那也不是开始。在他写到最后一个字的时候，许多字
在他的笔墨之间逆流而上，他写第一个字的时候，有许多许多字在
他笔墨之间顺流而下。

　　书法家好像把这种赓续性叫"气"，没有气，整幅字就瘫痪了。

王献之的中秋帖，现在剩下三行二十二个字，有人说这二十二个字是一个字，也有人说这部帖是一首曲子，反复变奏，一气呵成。王羲之的字当然好，可是一个一个从帖上剪下来，拼成圣教序，就没那么好，这时候每个字独立存在，也孤立存在，气断了，七宝楼台也拆碎了。

孔子在川上曰："逝者如斯夫不舍昼夜！"他对大自然的赓续性发出赞叹，后事如何，不得而知。历代书法家如何"法自然"，倒是留下很多记录，我们看法帖，能够体会他们的吐纳修为，致力把大自然的赓续性转化为书法的赓续性，我们读帖，再从中寻求还原大自然的赓续性，涵泳其中。对文学作家来说，不仅书法能给他这样的帮助，音乐、美术、舞蹈、戏剧都能，因为八大艺术都要法自然。

对比

在我心里，书法和文学常常互相对应，我读《诗经》《楚辞》的时候想到周鼎秦篆，我读李杜元白的时候想到颜柳欧赵，我读《战国策》的时候想到黄山谷。我爱看书法家写字，用老颜体写"星垂平野阔，月涌大江流"，用泰山金刚经石刻写"天地有正气，杂然赋流形"，用秦篆写"天行健，君子以自强不息"，用行书写"空里流霜不觉飞，汀上白沙看不见"，用天发神谶写"江流石不转，遗恨失吞吴"。他们怎么看得这么透彻，好像为那两句诗拍了一段电影，意义催化形式美，形式美反馈意义，两者泯合了。

书法跟自然的渊源，书法家留下许多记录。据说看两条蛇缠斗可以改进草书，看鹅在水里游泳可以改进行书。据说书法里有某种昆虫往前爬行，有兔子急忙逃走，有风吹过，有雪花飘，有老虎蹲着不动，也有大象一步一步走路，还有"奔雷坠石，草蛇灰线"。人心七情、宇宙万象怎么不离线条，书法简直像心电图、地震仪了。线条到了中国人手里怎么这样神秘，伏羲氏一画开天不由你不信。

文学作品也有赓续性，也叫"气"，文气。文章也在形体气势上相互联络接应。文章可以七窍相通，呼呼生风，可以长江大河，一泻千里。它的结束不是结束，用杜甫的说法，"篇终接混茫"。它的开始也不是开始，用李白的说法，"黄河之水天上来"。难怪现代人说文学作品是有机体，损坏了一部分就是损坏了全部；难怪古人说，写文章犹如腕底有鬼，下笔不能自休。所以，原则上我不赞成文摘或缩写。

若从结构着眼，书法家的一个字就像是一篇小品或一首小令，书法家的一幅字就像是一篇小说或一个剧本。书法的结体布白，文学的章法布局，到了这个形而下的部分，比较容易对照。常见在美国成长的华人后代，一旦成了新闻人物，中文报纸的记者常常拿他的中文签名照片制版，登出来给大家看，他写的字像没有箍的木桶，或者说像马上就要倒塌的房子，这是写字的大忌，也是作文的大忌。郑板桥的书法有时故意犯忌，玩弄危险的平衡，这倒也是戏剧小说常用的手段。

人生和自然都有大美，"天地有大美而不言"，艺术家心领神会，终身取法，取之不尽，用之不竭。用基督教的话来说，上帝是大创造，艺术家是小创造，所有的艺术家他们共同的祖师爷是上帝，也就是师造化、法自然。

这时候我才了解，为什么说书画同源。书画同源并非因为古人造字从象形入手，一个字就是一幅图画，也并非因为书画都用毛笔，工具相同所以技术相通。书画同源的这个"源"，他们俩都师造化、法自然，他们是一个师父教出来的徒弟。

更进一步说，不仅书画同源，所有的艺术都是同父异母的兄弟姊妹，彼此各有各的面貌，身体里面都流着父亲的血。如果艺术是一个家族，音乐应该是大姐，中间一排哥哥妹妹，我们文学排在最后，是个小弟。我们也师造化、法自然，造化自然是艺术作品未形成前的本来面目，诗在功夫外，书法也在功夫外，音乐、舞蹈、雕塑都在功夫外，这个"功夫外"，据我理解，就是师造化和法自然。

展览

我爱看书法展览，来到书法联展的会场，满眼都是老头儿，出门在外跑码头不作兴留胡子，可是斩草不能除根，那唇上一把青，唇下一把青，分明俱在。

未看墙上的点撇捺，先看脸上精气神，书法家都长寿，平均寿命比高僧多七年，比皇帝多一倍。写字也是运动，四肢百骸都用力，写字也是养气，五脏六腑都受用。写字也是修行，清心寡欲，脱离红尘烦恼。

那年书法家丁兆麟一百岁，他的夫人丁纪凤，画家，九十八岁。他们的学生、他们的朋友，用一次规模盛大的展览，展出书画精品，来祝贺他们的大寿。大家是来拜寿，也是来欣赏书法艺术，这种方式很高雅，合乎丁老师的身份性情。

在我们中国，百岁的寿星是人瑞，"瑞"是一种现象，这种现象一出现，你就知道吉祥如意来了，天下太平来了，大家的福气来了。灵芝草是植物里的瑞，凤凰是飞鸟里的瑞，麒麟是动物里的瑞，百岁老人是人瑞，从前有皇帝的时候，什么地方发现了祥瑞，地方官要报告皇帝，皇帝有赏赐。现在我听说，美国公民一百岁过生日，他的子女可以写信到白宫去报喜，白宫会寄一张贺卡，上头有总统的签名。

这天大家来给丁老师、丁师母拜寿，丁老师是麟，丁师母是凤，他们两位都是祥瑞。丁老师发出通知，他不收任何礼物，所以我们不必报告皇帝，不必报告白宫，这些敬爱丁老师、丁师母的人，你告诉我，我告诉他，大家来了，带来喜乐的心，带来羡慕的心，来分享丁老师、丁师母的福气。丁老师不收任何礼物，有一样礼物他没法拒绝，那就是大家热烈的鼓掌。

按照中国人的风俗习惯，大家给丁老师祝寿，同时也是给丁师母祝寿，这叫双寿。看这两位大寿星立如松，坐如钟，谈笑风生，处变不惊，"西望瑶池降王母，东来紫气满涵关"。真是如冈如陵，如月之恒，如日之升。我们看了人人高兴，觉得生命很充实，很有保障。看同门同好加上弟子，都是长寿的人，都有长寿的相，这真草隶篆，颜柳欧赵，都是你们的长城，都是你们的宫殿，一步踏进你们的领土，我觉得伐毛洗髓，飘飘欲仙。看四壁琳琅，每一笔一画，都是灵芝仙草，每一个字都是长寿的密码，每一幅字都是长寿的宣言，这些对联、条幅、横披、斗方，互相呼应，来一次长寿大合唱。

长寿有秘诀，百家争鸣。要长寿，吃羊肉。要长寿，多看秀。要长寿，来念咒。要长寿，走透透。来到书法联展的会场一看，要长寿，别管合辙押韵，去买几支毛笔。

海外看书法家联合展览，作品从台湾、香港来，从加州、德州来，从伦敦、巴黎来，万木一本，万水一源，都是一种文化哺育出来的孩子，都是一个老师教出来的学生，都是用同样一支笔创造出来的书法艺术，人不亲笔亲，笔不亲纸亲，纸不亲墨亲，一点、一撇、一钩、一捺都亲。

海外看大书法家写字，看五千年来家国，十万里地山河。看上通天心，下接地脉。看前有古人，后有来者。看知音见知音，看同本同源同气同声，看中国的人，中国的心，真正的中国文化人。

倾听

心理学家劝人"倾听"，善于倾听的人容易交到朋友。看书法，我总会觉得有人在倾听我的意念，看"书"，感觉恰恰相反。

文学作家为什么总是说个不停呢？因为他用的是语言文字，语言文字是思想感情的符号，它有意义，我们一提笔就想到意义，最后完成的也是把意义很完善地表达出来。世界上有很多事情非说不可，佛法不可说、不可说，还是说了四十九年，不能靠那五分钟的拈花微笑。天地有大美而不言，我们偏要滔滔不绝；四时有明法而不议，我们偏要喋喋不休；万物有成理而不说，我们偏要下笔千言、下笔万言，这是我们的优势，只有文学办得到。你能用音乐推销房地产吗？不能！你能用舞蹈吵架吗？不能！你只能用语言文字。

　　这是我们的优势，也是我们的弱点，我们跟"意义"纠缠，一落言诠，陷入逻辑思考，跟美感有了矛盾。我们的实用价值大，实用跟审美有消长关系。有人说，艺术有时似是而非，有时似非而是，其实艺术不是"是"也不是"非"，艺术是那个"而"。说得好！那个"而"又是什么？据我理解，那个"而"就是横看成岭、侧看成峰，就是羚羊挂角、无迹可寻，就是超乎象外、得其圆中，就是说即无说，无说即说。这样，实用价值就小了。文学在这方面先天不足，因此后天要特别努力。

　　可是，文学既然实用，你偏偏要它不能实用，这事就费劲了。人人说文天祥"留取丹心照汗青"比李后主"挥泪对宫娥"写得好，这个"好"，指他说出来的话有意义，很实用，不是诗做得好。报社征文，"你怎样支配你的年终奖金？"得奖的文章作者说，他把这笔钱捐给为灾民募寒衣的慈善团体了，因为这年冬天很冷。落选的文章说，他用这笔钱给太太买了件新大衣，因为当年结婚的时候，新娘的行李箱里头放的是一件旧外套，他到今天才有能力补偿。评审委员认为捐款救灾比较好，这个"好"也是有意义，很实用，不是文章写得好。

　　想当年初学乍练，老师教我们写字也教我们作文，我总认为这两门功课没有多少连带的关系，上作文课，文字是工具，上书法课，文字就是成品。老师说有三个字最难写，"飞、为、家"，要把这三个字写好，得花三年工夫；可是我们学习使用这三个符号，只要三天。为什么有这么大的差别？花三天工夫学会了的符号，为什么继续再写三年？就是因为要写得"好看"，追求形式美，这就由实用变为欣赏。倘若要做书法家，恐怕得写三十年，欣赏的天地高阔，超出实用者多矣。

有一年我服务的那个机构开庆祝会，筹备人员有一番商量：请谁来弹琴？请那弹得最好的；请谁来跳舞？请那跳得最好的；请谁来玩魔术？请那玩得最好的，大家的想法都一样。他们如果找人写匾额楹联，恐怕也得首先考虑书法水准吧。到了"谁来致辞？"大家思路一变，上台致辞的人要深明大义，要善解人意，讲出话来对上对下都能讨好，至于他口才怎么样，修辞水准怎么样，倒在其次。从这件小事可以看出社会的态度，对音乐舞蹈的要求偏重欣赏，对文字语言的要求偏重实用。

读者希望从文学作品中找到对他有用的意义，那是他的权利。读者能够满足他的愿望，那是天作之合，今世美谈，令人翘首期待。作家在写作时有意附和实用，风险很大，意义会成为明日黄花，写作仿佛夕阳工业。满足实用，容易；满足欣赏，难。长期依赖实用，避难就易，会使作家的技巧退化，文学将失去自己的特性。

（选自《滴青蓝》）

电视剧笔记

看《纯情木屋》

故事

一个年轻的女记者在她表哥手底下做事。表哥追她，她觉得讨厌，就从姨妈家搬出来，租了一间小木屋自己住。她认识了一个大学四年级的学生，好喜欢，经常在小木屋里约会见面。她的表哥嫉妒得要命，就想办法破坏他们的感情。他买通了在电影界还没有名气的女演员，冒充是那个大学生的女朋友，正好大学生的父亲也反对儿子在学业没有完成的时候谈恋爱，于是双方合作，骗得女记者跟她表哥结了婚。

结婚那天发现是个骗局。女记者恨死了，她对丈夫说已经有了两个月的身孕，肚子里怀着那个大学生的孩子，于是夫妻之间起了一连串的冲突，只有离婚。离婚之后，女记者回到小木屋，跟大学生重逢，因为那个男孩子旧情难忘，经常带着回忆在木屋外面徘徊，有时候就住在木屋里面。两人重逢以后发誓终生相爱，女记者这才吐露真相，她根本没有孩子，那是谎话，故意欺骗她的表哥，好造成婚姻的解除。

剧本

　　故事取自玄小佛的小说，全篇充满了女学生的幻想，有浪漫的美感，也有些地方还带着"幼稚病"。剧本保留原著的长处，就原著的短处加以剪裁润色，是一次很成功的改编。念一遍下面的台词："爱情有多深，多浓？深得看不透，浓得化不开。""我们只见过一次面，一次不是顶美的吗？""自从亚当遇见夏娃以后，保护女人就是男人的责任。"这些句子都是玄小佛式的，和剧中人的身份吻合，也跟某几场戏的情调相称。

　　本剧以故事情节见长，剧中素材丰富。安排得非常恰当，故事的进行细腻曲折，有娓娓道来的韵味。为了戏剧的效果，情节该切断的地方切断，该延长的地方延长，该放大的地方放大，该编造的地方编造，但是大体上忠于原著，和原著一样空灵洒脱。用小说改编剧本，这样保持原著的精神，很难。

演员

　　女主角，那个年轻的女记者，由陈莎莉主演，看上去比《英烈千秋》的张夫人胖了一点儿，在本剧中的扮相妩媚漂亮，有大众情人的资格。她所演的角色的年龄，比她实际年龄要小，但是她演来胜任愉快，毫不勉强。她处处流露无邪的俏皮，那是只有年轻人在一块才有的俏皮表情。她的腔调有时候很夸张，那是只有年轻女学生才有的夸张。她对那个男孩子表示好感的时候，微微一笑，几乎看不出她在笑，鼻子微微一动，几乎看不出在动，那是在大学的校园里常能看到的表情。《英烈千秋》证明陈莎莉能演比她实际年龄更大的角色，现在这出戏又证明能演比她实际年龄更年轻的角色，都演得逼真，自然，传神。陈莎莉是本剧的中心人物，每一场戏的情趣气氛，都要靠她的举手投足，一颦一笑都不能失败，如果她失败，整出戏就像没有新娘的婚礼。

男主角是勾峰，他演陈莎莉喜欢的那个大学生。勾峰胖多了，几乎失去了小生原有的线条，小生的线条应该又秀又挺。可是胖一点也有好处，显得傻乎乎的，带分憨厚，讨人喜欢。他的这种模样跟玲珑剔透的陈莎莉比较，更能显出自己的角色特点。有一场戏是勾峰给陈莎莉打电话，画面分隔，两个人同时出现，对照之下，相得益彰。

勾峰的戏很重，可能比陈莎莉还重，他在表情和声音的控制方面有极大的进步。最精彩的一场，他住在医院里追问朋友，为什么陈莎莉不来看他，一步一步问出莎莉已经结婚，他哭，他叫，他像大丈夫一样忍住咽下去，握紧拳头放在嘴里咬了一会儿，又像孩子，把身旁的男同学紧紧捉住，当他是陈莎莉，问他为什么变心。这一场戏写得很有层次，一步比一步感情多，勾峰能够一层一层地恰如其分地表演出来。

陈莎莉的表哥，勾峰的情敌是冯海。他在戏里是新闻硕士，报馆主管。年轻有为，但是一点儿也不可爱，追陈莎莉屡次碰壁之后，表情阴沉，性格极不开朗，最后只好以阴谋取胜，情节发展十分自然。冯海演戏，表情一向缺少变化，声调也不高不低，有时候这是他的缺点。但是在这出戏里人尽其才，这些所谓短处都派上用场，恰恰合乎剧情的需要，这个角色，可能是冯海演过的最成功的角色之一。

导播

这是一部"说故事"性的戏，导播就用说故事的手法处理之，衔接流畅自然，真是如行云流水，不卖弄镜头，甚至不让观众感觉到导播在使用镜头，平淡之中匠心独运。

虽然如此，我们仍然要提出他应用最成功的镜头来。有一场戏陈莎莉坐着，冯海这时候已经是她的丈夫，站在莎莉旁边，两个人争执到激烈的地方，冯海忍无可忍，仰起手来要打莎莉，莎莉仰起头来望着冯海，冯海望着莎莉，一只手高举在空中，不忍心打下来，于是莎莉的脸，冯海的脸，加上冯海举在空中的手，在电视屏幕上形成一条对角线，两部摄影机轮流交切，一再特写冯海的手和莎莉的脸，效果很强烈。还有一场戏，莎莉在极其激动的心情下决定嫁给冯海，头一低，轻轻喊了一声勾峰的名字，镜头推过去，推成特写，轻轻地淡出，美得像一张高调艺术人像。观众本来就为莉莎和勾峰可惜，这"美"更使人为他们心痛。

缺点

音响效果有待改进。魏苏演勾峰的爸爸，去小木屋找陈莎莉谈话，这一场戏布景是小木屋里面，陈莎莉在屋内，魏苏在门外敲门进来，对话很精彩。魏苏劝陈莎莉放弃勾峰，然后魏苏告辞出来，门外有马达声，陈莎莉这才注意到魏苏是坐汽车来的，而且是坐了表哥冯海的车子来的，她开始怀疑魏苏跟冯海是同谋。问题出在音响效果上，魏苏既然是坐着汽车来的，为什么他来的时候听不到马达？还有马达的响声像摩托车，不像汽车。

背景音乐大致很好，但是有时候声音太响，喧宾夺主。这里所谓"主"是指对话，有时音乐的声音太高，观众非看字幕不能明了全部的对话。试看最后一场戏，勾峰对莎莉说："你虽然怀孕了我还是爱你。"莎莉对他说："我根本没有怀孕，那是骗冯海的。"一场很缠绵的戏，男女主角声音低沉，充满了感情，而且态度郑重，是在交代一件大事，这时候的音乐，却是弦乐器里面加上钢琴，叮叮当当，显得相当嘈杂，真是美中不足。

结论

本剧长九十分钟，一气呵成，等于一部电影，是电视剧里面的大手笔。本剧使观众当天看见结局，不必担心后事如何，十分痛快。

本剧演出青年人的生活，表运青年人的心理，可以吸引大量的青年观众。名演员张冰玉，魏苏，剧中饰演中年人，有充分发言的机会，而且台词精彩有力，表达老成持重的立场和看法。主题上兼筹并顾，避免偏向一面，剧情也因此显得更为丰富。故事不算太新鲜，但是在电视剧题材荒的今天仍不失为上选。

看《泰山红颜》

（一）

电视连续剧《泰山红颜》，观众注目的大戏。看连续剧的人，第一天有两个着眼点，先看片头设计，包括主题曲，再看全剧的悬疑。《泰山红颜》顾名思义，应是以山东省为背景，以一个女孩子为主角。片头以插画的方式，展现高山，茂林，小毛驴，旧式妇女，把时代背景和乡土色彩，巧妙的予以点明。有一张插画，画着一只母鸟向着巢内的雏鸟伸长了脖子，也巧妙地点出主题。主题曲与插画同步进行，设计既省钱，又讨好。

主题曲完了，下面有一大段"序词"，历数中国妇女传统的美德，由黄帝的嫘祖起，历数孟母、岳母、欧母等人，议论横生。"序词"进行时，画面使用汉代壁画那样的浮饰。汉代壁画中的人物只有一个模糊的轮廓，仿制似乎甚易，但是那种古朴的风格，却非常难以追踪。"序词"的"词"，既嫌太长，"序词"的画面，又嫌太嫩。这样一段表扬妇德的言论，颇有说教的嫌疑。放着好戏不演，先讲一篇大道理，对于收视率而言，很"危险"。幸而"序词"文笔脱俗，芸芸观众之中自有知音。"序词"最大的效用是突出女主角的出场。女主角云娘，邵晓铃饰演，大戏开幕，她还是一个正在私塾里读书的大姑娘，老师要她背书，她从座位上站起来。"序词"完毕，邵晓铃站起来的镜头立即切入，非常生动，显示全剧有了重心。

连续剧的时间，每次只有三十分钟，除去广告，除去片头，除去"序词"，剩下的时间似乎已经不够经营布置一个重要的"危机"，连续剧要观众逐日收看，必须有一个使人"悬心"的因素，贯串全局，而这个因素又必须在第一天很强烈地展示出来。所谓"第一枪击中，永远击中"，就是这个道理。《泰山红颜》的第一天，没有这一股撼人的力量，应该归咎于戏短。

（二）

云娘毒死汪利，汪利杀死云娘，这是《泰山红颜》的结局。之前，汪利对云娘说过，"我不会死，要死也跟你一块儿死"，预留伏笔。云娘下毒的情节，改为把毒粉蘸在香烟上，免去了依样葫芦之讥，值得称赞。汪利中毒后死亡前，有一个"双目先盲，满屋乱扑"的过程，这是为了做戏。如果中毒后立即死亡，就没有戏可看了。

云娘赴汪利的"死亡约会"，是为了救田大龙。她行前先赴祠堂拜辞祖先，示已死决心，好极。祠堂中灵牌罗立，色调朴雅，很费了一番布置的功夫，但镜头只顾写云娘，灵牌一晃就过去了！可惜！汪利死前盲目扑杀，刺了云娘一刀，云娘带伤回祠堂，倒地气绝。要云娘死在祠堂里是大学问，是整出戏中的"压卷"之笔。但云娘倒地后，留下一个空镜头，竟没有"摇"写那些灵牌。如能摇写，再"拉"开，以全景显示云娘死亡的姿势及死亡的环境（或先介绍死姿及环境，再近写灵位），不但增加牺牲的神圣性，且能表明整个故事的历史感，与开头第一集的"历代贤母传统"首尾遥相呼应！运镜的人省去了这一"举手之劳"，损失了五千年的文化背景，可惜！

运镜的缺失尚不止此，当云娘在祠堂中拈香默祷时，她的脸部表情极为重要，偏偏祠堂里的柱子挡住了她的半边脸。特派员把毒药交给云娘，郑重嘱咐她小心行事，然后郑重道声"再见"就此ending（结束），不失为平妥，但镜头接下去，摇摇晃晃的介绍云娘出门时的背影，特派员走了两步，要送不送的样子，太多余了！

邵晓铃愈演愈好。在剧中，她的独子小强赴大后方后，心事已了，死志已决，眉宇间有英气，演出云娘人格的另一面。对汪利拍桌子，朝汪利脸上泼酒，动作干净利落。当她见大龙最后一面时，以家人的安全相托，其志虽决，其言甚婉，演出外柔内刚。叩别宗祠，赴死亡约会，她镇定有力，低眉而坐，不怒而威，但风韵宜人。可惜化妆师在她额上画了两道皱纹，俗不可耐，对造型大有妨碍，使人想起成语所谓"佛头着粪"。平心而论，女子以色相接近敌人，伺机下毒，原是一段"老戏"。《泰山红颜》这一段结局能脱俗，全靠邵晓铃演得出众。她始终没有破坏庄重端正的形象而依然"达成任务"，过去，担任此类角色的女星，都是贞娥式的。（"刺虎歌：笑将虎髯向虎语，洞房请解军中装"）邵晓铃别树一帜，可称为云娘式的。云娘至此，始称完人。

　　在完结篇，王瑞演汪利的戏稍"温"。中毒后，十指弯曲，双睛凸露，凶光四射，把一场很难演的戏演好，证明仍是一把得力的好手。像许多抗战剧一样，汪利不死于抗战胜利后的国法，而死于沦陷区人民的直接报复。不知为什么我们一切以抗战为题材的戏，极少有人写到战犯及汉奸的审判，难道那不是极有价值的一刻吗？那不是戏剧题材的一个新领域吗？在主题上，国法的伸张岂不优于冤冤相报吗？剧作家何以对之无感？

（三）

　　《泰山红颜》演出九周共五十三集。当评介第一集时，我说过，在第一集，最值得关心的是"总悬疑"，而今，评介至最后一集，我要说，最值得着眼之处在全剧究竟有哪些地方令人"回味"。云娘千古，当无争论。就通俗的标准衡量，本剧既没有漂亮的小生，也没有漂亮的花旦，尤其没有一个贯通全局的"生"角，此剧的"生"戏分成三段，第一段为邓珏人，第二段为张复民，第三段为"小强"，三者间不相连属，全靠一群"硬里子"以演技取胜，有艺术抱负，但失去流行的趣味。电视剧是否可以采这种路线向来是一大问题。《泰山红颜》的收视率究竟有多高，非我所知，倘若排名落后，上面所指出的"问题"当系最大原因。

《泰山红颜》一路演下来，缺点一集比一集少了，优点一步比一步强化，足见作业程序健全，团队一心，可是到了最后几集，运镜的缺点太多。《泰山红颜》的运镜一直很好，为什么到了最后频频失误呢？很可能是导播把工作交给一个新手了。连续剧演到最后三集，江山底定，即使稍有逊色，观众也会把它看完，广告也不会撤走，这时候，让他的后进，让他要培植的人上马历练一番吧。看电视连续剧总会碰上他们，正像住医院会碰见实习医生。

又见凌波：看《七世夫妻》

（一）

香港邵氏电影公司拍《梁山伯与祝英台》，凌波是以"新人"的姿态出现的，她反串小生，这部影片在台北连演一百六十二天，全省连演一百八十六天，从北到南征服了台湾的电影人口。也就在这一年，凌波到台北领电影金马奖，要劳动警车开道，始能走出热情影迷的包围，主办颁奖典礼的单位接到无数电话和投信，舞台上不可放置直立式的麦克风，遮挡观众的视线。一时盛况，十年美谈。十七年后，凌波再来台北，演出电视连续剧《七世夫妻》。

《七世夫妻》的主线是金童玉女思凡，天帝罚他们到人间辗转投胎，饱受爱情折磨，中国古代的朴素神话加上西来的轮回，拉长堆高，重峦叠嶂。在这个连续剧播映的第一天，大家看见凌波所扮的金童，明星生涯，透支青春，十七年后，凌波已非当年风韵，扮来毫无"童"相。而神话中的金童头上生角，更显怪异。"他"的对手李璇饰演玉女，发型略近小放牛中的"女客人"，充满了活泼的稚气，相形之下，愈显得凌波之老练，两小由无猜到有猜的微妙情愫堆砌不起来。演员不离舞台，犹如教师不离讲台，作家不离写字台，凌波盛名之余，拾遗收残，也是身不由己，急流勇退谈何容易！

不过凌波仍有她的优势，她主演梁祝创下先例，观众以京戏捧角的心态对待她，不但完全接受反串，还有人连看五场十场，有人买票广邀亲友一同捧场，风闻有人看了一百零七场。我们看京戏并不很计较演员的年龄和剧中人物的年龄是否吻合，剧校毕业公演，老旦老生全是十几二十岁的学生，机关联欢晚会，演青衣小生全是五十、六十岁的同人，这是"旧剧"和"新剧"的一大分别。电影电视原是新剧，台下许多人不知不觉做了旧剧的观众，在这些人面前，凌波仍然可以演金童。

对凌波，观众的另一期待是她的歌，"梁祝"一片从头唱到底，余音至今袅袅。《七世夫妻》似乎有意乘其余势，拾其遗穗，剧中的音乐歌唱部分，使人听了，极易与黄梅调发生联想，可见在制作上对观众的心理完全了解。第一天，凌波的歌喉并未充分展露，只在第一集快要结束的时候，此时金童玉女已来到凡间，即将分别投胎为人，临歧执手依依，凌波的几句唱腔，才使出真本事来。《七世夫妻》既是歌唱剧，预料以后应该有若干场由凌波"主唱"的戏，第一集结尾时预留伏笔，亦可谓循循善诱了。

我们了解，中国的评剧，西方的歌剧，乃至好莱坞式的现代音乐剧中，都可以"忽然唱起来"。音乐剧必须维持相当多的音乐成分，如此，玉女思凡，偷窥人间的时候，幕后应该有合唱，玉帝赐宴群仙，仙女歌舞助兴，应该唱，也唱了，唱得太短。倘若能唱得

长一点，在"音乐成分"里用摇镜介绍仙班里的众仙，用特写细写
借歌声流露内心秘密的玉女，也就更值得布置那么大的一个场面。
最后金童玉女到了凡间，不忍分手，欲去又还，这时不妨痛快淋漓
的对唱一番，赚人热泪，那就更好了。何以不然？可能是剧本太
长了，没有留给音乐歌唱足够时间。剧本何以太长？可能是编剧把
《七世夫妻》当作情节剧了。

（二）

第一天，画面结构和镜头角度可能是本剧的特色之一。莲叶，
水珠，叠入金童玉女的面影，甚美。玉女思凡时，下界人寰有曲水
翼亭，俪影双双，玉女一转身，从一个球形的空间里，望天上宫
阙，有"碧海青天夜夜心"的意境，好极。制作者想在《七世夫
妻》中注入诗的成分，这种企图，是别的连续剧制作人所没有的。
此一试验相当成功。

"华视"有一个极大的录像室，一再搬演大场面，《妈祖》如
此，《七世夫妻》又如此。在《七世夫妻》的第一天，玉帝阶下的
仙班，歌舞，万员外施米时排队领米的贫民，都是大手笔，在这
第一天，估计一共有五十名演员出场。单是演员费一项开支，就目
前电视剧的"行情"来说，已算是"不惜工本"。画家画出南天门
（？）的全景，难免假象毕露，但是你若当作评剧舞台，这样做也
是求善求美，增益其所不能了。

　　《七世夫妻》的广告相当多。关于广告，当然欢迎，没有广告就没有节目，唯有时破坏戏剧效果。凌波和李璇来到人间之后，分别投胎之前，来日茫茫，去思依依，在哭声中，凌波终于冉冉而没，李璇只能张臂向天。斯时何时，正是观众回肠荡气之时，不料突然出现奶粉广告："我是红牛，不是黄牛。"广告的构想是观众在一笑中接受产品，然而观众啼笑皆非。

（三）

　　七世夫妻第一世，《万杞梁与孟姜女》，一共十集，情节跳出相沿已久的传说，加入很多新的构想。例如万杞梁逃脱入关，但孟姜女同时出关寻夫，于是万杞梁又毅然折回。例如关外盛传万杞梁已问斩，其实斩首的乃是歹角孟兴。例如孟姜女在始皇的威迫下先撞墙自杀，万杞梁赶到，抚尸大恸再做后死者。经过如此这般一番调整，结构更为完整，演员发挥的机会更多，也更适合在电视中演出。

　　重新编写后的情节还有一个特色，就是把涉及神怪的部分都删除了。根据《华视周刊》事先的预告，在第九集，王天雄要凌辱孟姜女，为山神所杀，孟兴要谋害孟姜女，为土地所杀。演出时前者完全不见，后者土地杀人换成樵夫杀人。十集预告的情节中有万杞梁显魂，事实上业已取消。由这些地方可以看出制作者遵守法令，净化节目。

　　凌波的戏份儿很重，而且着敝衣做苦工，被执，受审叩头，最后遇害，都是吃力的戏，在凌波的基本观众看来，她确已"为艺术而牺牲"。李璇的戏不比凌波少，但牺牲的精神则稍逊一筹，她在撞墙自杀后，躺在地上，发型整洁，面无血迹。其他演员，包括秦始皇一角，给人的印象都很淡。这是因为剧情集中在凌波、李璇两人身上，镜头也集中在她们两人身上的缘故。

八、九、十各集，歌唱的分量剧增，使"歌唱连续剧"名副其实。顺便说明："歌唱剧"并不是"歌唱"加"戏剧"，而是歌唱的本身即是戏剧。换言之，它不是唱一段歌，演一段戏，而是在唱歌时业已是戏了。第十集最好的一场戏，是孟姜女在长城下找万杞梁，万杞梁也找孟姜女，彼此参商，失之毫厘。在这场戏里，蜿蜒宛转的长城有似一座迷宫，而这座迷宫在摄影棚有限的空间里，用两景交叉映现的方式，颇能仿佛一二，有那么一点模样。这一场戏完全是歌唱，这些歌唱不是"插曲"，它不仅"戏中有歌，歌中有戏"，而且"歌即是戏，戏即是歌"，可作歌唱剧的典范看。

（四）

关于布景：制这两集的布景都很难，长城和雪景都采取在内景中插入影片的办法。十集开始，孟姜女在路上挣扎前进，影片显示峻岭积雪，大地冰封，弥缝得很好。长城的一角很有实感，就像真用又大又粗糙的青石砌成。最后，万、孟两人双双俱死，雷声隆隆，城墙崩裂。（长城不是孟姜女哭倒，而是雷霆震倒，有科学思想，也没抛弃天怒人怨的传统概念，很好）先看远景，那一面中间开缝的墙似乎是砖做的，次看近景，坍下来的石块都很零碎。电视布景只能如此，这是它不能跟电影相比的地方。

主题方面，《万杞梁与孟姜女》第一天打出字幕，说明旨趣，第十天长城崩坍，再打出一张字幕，再次强调本剧的主旨。照字幕看，本剧要借这个悲惨的故事，为真理作证，证明暴政必亡。不错，秦政横暴，应该推翻，事实上也不久就有人"揭竿起义"。无如万杞梁和孟姜女所以发生如此悲剧，第一因乃是玉皇大帝不许他们恋爱。玉皇大帝要教育他们，使他们认识爱情所能给他们的只有痛苦。他要让他们七世为人，对他们灌足爱情的苦酒，直到他们对爱情灰心绝望，复归于神。对万孟二人而言，秦始皇不过是玉皇大帝的一个工具。

秦亡了，金童玉女的苦难并未结束。金童玉女转世的故事本来与"暴政必亡"没有关系，在固有的神话的框架里硬装这么一个主题进去，颇欠自然。中国神话的特点和弱点，是从不向强权正面挑战。它指出罪恶，给罪恶一个宗教性的解释，使它合理化，冲淡了严重性。这样的故事使人"逆来顺受""乐天知命"则有余，使人有革命的精神和抗暴的勇气则不足。

（选自《滴青蓝》）

可大可久谈原型

　　如果你要写一个故事，在你写作之前，已经有人写出许多许多故事，那些故事可以分成各种类型，每一类故事都有人写得最早，或者写得最好，这最早或最好的一个叫作原型，你我可以参照那个故事来设计自己要写的作品，这叫使用原型。

　　举例来说，《圣经·旧约》第一卷《创世记》，上帝把亚当和夏娃小两口儿安排在乐园里，立下诫命，他们不可以吃某一棵树上的果子，小两口儿犯了戒，被上帝逐出乐园，到地上受苦。教会中人认为这是最早的罪与罚，文学中人认为它是父子冲突的原型。子女成长有所谓反抗期，"儿大不由爷，女大不由娘"，他忽然不听话了，儿子的"叛逆性"比女儿明显，以致俗语说"无仇恨不成父子"。学者探讨共同的人性，文学作家表现千差万别的具体样相，作家像上帝创世那样在这个原型之内造不同的人物，不同的环境，不同的禁果，他在父子两代之间经营不同的冲突，其中有不同的寓意。

　　耶稣讲过一个"浪子回头"的故事，文学中人认为他使用了《失乐园》的原型。他说，在一个富足的、快乐的大家庭里面，小儿子长大了，要求分家产，搞独立，走出父亲的阴影。他在外面荡尽钱财，沦落到与猪同食。他后悔了，又回到大家庭里来祈求父亲原谅，父亲很宽大，恢复了这个儿子在家庭中原有的地位。依《圣经·旧约》原来的记载，亚当接到驱逐令的时候并未求饶，他到地上耕种狩猎，"汗流满面才得糊口"，活了九百三十岁，也从来没有表示过后悔。耶稣布道向世人提供救赎，救赎的前提是悔改，所以耶稣增添了情节，这种技巧我们称为"延长法"。他使用原型，加以延长，仍是独立的作品。

英国文豪弥尔顿另有会心。上帝告诉亚当和夏娃，"唯有这棵树上的果子你不可以吃"，魔鬼来引诱夏娃去吃，夏娃又引诱亚当去吃，妻子的影响力大过父亲，夫妻同心的程度大过父子，这已经把一对"照着神的形象"创造出来的男女人性化了。上帝发觉他们的行为，发怒谴责，在弥尔顿笔下，亚当非但没有认罪，反而支持他的妻子，几乎以主动的姿态放弃安逸的生活，他要和妻子共同承担后果，这就很有些近代西方的思想了，这种写法，我们称之为"吹"，使原来的素材膨胀，发酵，像吹气球一样。为了增加"戏肉"，也为了神学上的完整，弥尔顿增添了《创世记》没有的场景，他使亚当夏娃在走出乐园的时候看见异象，看见未来人类的堕落、末日的惩罚、也看见耶稣给世人提供的救赎。可以说，弥尔顿吸收了"浪子回头"的创意，或者说提取了整部《圣经》的大要，这种技巧我们称之为"糅"，像糅合面团一样，使分离的部分混合为一体。弥尔顿虽然使用原型，他的《失乐园》仍是独立的作品。

中国也有《失乐园》吗？找找看，牛郎织女行不行？织女在天庭负责织锦，天帝也觉得"那人独居不好"，把她嫁给牛郎。她结婚之后就懒得织布了，天帝震怒，又命令她和牛郎分居，全心全力做一个织工，每年只准有一天夫妻相会。这个说法比较早，后来又有一种说法，牛郎织女本是玉帝身旁的金童玉女，天界禁止凡心，可是这两个小青年互相爱慕，犯了天条，被玉帝逐出天庭，这个说法就可以和《创世记》《失乐园》相提并论了。弥尔顿写《失乐园》，糅进基督的救赎，那是西洋文学的特色，中国民间演绎牛郎织女的故事，糅进佛教的轮回，显出中国文学的特色。牛郎织女降世为人，前后七世结为夫妇，其中最有名的一世就是孟姜女。他们一世又一世做夫妻也都像孟姜女一样，新婚之夜就被残酷的命运拆开，身心受尽折磨，故事作者用了"吹"的技巧，情节膨胀扩大，对人世情欲做出否定。七世夫妻故事同出一型，好比是一母七胎，每一世夫妻都是一个独立的故事，每个故事各有自己的细节，作家通过这些细节来发挥创造力。直到第七世，故事作者受了中庸之道的制约，这两口儿才有安定的生活，最后这一集也写得最差。

　　说到父子冲突，我们不会忘记中国有个神话人物，叫作哪吒。这个孩子太任性了，不听父亲的叮嘱，与人斗殴，打死了海龙王的儿子，这是他吃了禁果。海龙王兴师问罪，哪吒全家战祸临门，父亲责备他，他毅然自动放逐，脱离家庭。依中国孝道，人的骨血来自父亲，肌肉来自母亲，因此亲子关系不能解除，人子欠父母的这笔债也无法清偿。哪吒居然想出一个办法，他把自己的肌肉从骨头上剔下来，把骨头还给父亲，肌肉还给母亲，自己只剩下魂魄。哪吒的这一段经历何等震撼人心！如此极端，如此激烈，简直不像中国故事，中国作家多半拿不起这样的题材，以致哪吒这个品种在中国的文学土壤上未能好好的培育繁殖，电视电影只是把他塑造成一个顽皮可爱的童话人物。最后，他也找到了他的救赎，道教的太乙真人，或者佛祖，用莲叶藕骨给他造了一个肉体。

《圣经·旧约》里面有一个人名叫约伯，他是上帝最虔诚的信徒，上帝也恩待他，让他有很多儿女，很多婢仆，很多牛羊，在社会上受人尊敬。魔鬼认为约伯为了自己的幸福才对上帝忠心，这样的信仰经不起考验。于是上帝和魔鬼打赌，授权魔鬼击打约伯，魔鬼弄得约伯家破人亡，穷得像个乞丐，而且生了难以治疗的皮肤病，用瓦片搔痒。但是约伯始终没有背叛上帝，上帝赢了。最后，上帝恢复了约伯的一切幸福和地位，而且比以前增加了几倍。

有学问的人说，到了中世纪，上帝和魔鬼打赌的故事出现多种版本，我们没有能力查考。我只知道 18 世纪，德国文豪歌德写了一部诗剧，上帝和魔鬼为了一个叫浮士德的人设下赌局，成为世界名著。浮士德这个人九全九美，只有一个弱点，他总觉得青春有限，精力有限，他的成就也有限，于是魔鬼乘虚而入。在《约伯记》里面，魔鬼夺去约伯的一切所有，使他痛苦，迫使他背叛上帝；在《浮士德》里面，魔鬼给浮士德青春、爱情、学术成就、社会地位，使他幸福，引诱他背叛上帝。结局都是魔鬼失败，浮士德追逐世俗的幸福，但是世俗的幸福带来心灵的空虚，他最后还是请求天使帮助他脱离了魔鬼。

所谓使用原型，大概就是《浮士德》和《约伯记》之间的关系，二者骨架相似，除了骨架以外，约伯是贫贱不移，浮士德是富贵不淫，人物不同，情节不同，叙述、描写不同，作品的精神也不同。约伯神性高于人性，这是原始基督教的追求，浮士德人性多于神性，反映了歌德时代的人文思想。使用原型也可以变更局部的设计，例如你让魔鬼胜利，上帝失败，表示忠诚需要培养，不可任意消耗，这就是现代人的观念了。

读中国文学作品，我特别喜欢《杜子春》的故事，这位杜先生立志修道，忍人之所不能忍，坚持初衷，我读它如读《约伯记》。我也喜欢《枕中记》，也就是黄粱一梦，那位卢先生热衷功名富贵，他在梦中百事如意，想得到的一切都得到了，醒来才觉悟一切是空，我读它如读《浮士德》。

"替死"也是一个原型，耶稣钉在十字架上，替众人赎罪，他死了，众人的灵魂得以不死。《圣经》里面替死的故事很多，耶稣受死以前，他还是个婴儿、躺在马槽里的时候，埃及国王听到预言，未来的"王"今夜在这个城里出生。国王立刻下令把这一夜出生的孩子全数扑杀，他以为已经除去后患，却不知圣母及时抱着耶稣逃出城外，到安全的地方去了，依基督教义，耶稣长大、布道、舍命、做王，不过这个"王"没有政治上的意义。

　　我看过好莱坞出品的一部影片，科学家研究人类的未来，发觉黑猩猩即将统治世界，有一个马戏团正在美国的某一个城市里表演，马戏团里的黑猩猩刚刚产下一子，这个小猩猩长大以后就是人类的统治者。有一个科学家说不行，他不容许这样的事情发生，他要去杀死这只小猩猩。他找到了目标，也开了枪。猩猩母亲腿部受伤，仍然可以抱着猩猩婴儿逃走，那科学家提着手枪紧追，一路上发生许多情节，猩猩母子几度绝处逢生。最后一场大戏在码头上发生，有一个马戏团（另外一家马戏团）正要乘船离开这个国家，猩猩母子逃进去，藏起来，科学家也追进去，看见猩猩母子，连开几枪，这次他得手了，放心了，他没想到这家马戏团也有猩猩，猩猩母亲也产下一个猩猩婴儿，这猩猩不是那猩猩，这猩猩替那猩猩死了，马戏团带着那猩猩漂洋过海去了。你看，电影情节是不是很像《圣经》故事？

　　当然，后出者不能只会捧心效西子，也要自成国色。猩猩母子蒙难记里面有美国种族主义者的恐惧：黑人有一天会统治白人，这种恐惧深藏在潜意识里，电影编导轻轻地去撩拨一下，用流行的文艺腔调来说，"挑动了那根弦"，好像替他们发言。电影把行凶的科学家"兽化"了，凶狠残忍，面目狰狞，好像神经也不太正常，电影也把猩猩母子人化了，彼亦人子也，彼亦人母也，观众都动了恻隐之心。电影开头，许多科学家开会的时候，也有人反对去杀死猩猩婴儿，理由呢，"没有谁有权力去改变历史的轨道"！如此这般，它也批判了种族主义。可是这一切都是我说的，电影没有说，这一切都是观众自己发现的，电影没有直接灌输。电影以它自己的方式，把一个最大的禁忌摊开，只引起社会的思考，没引起大众的谴责，这就应了那句名言：艺术的奥秘在于隐藏。

有学问的人常把《圣经》"替死"的故事跟中国的《赵氏孤儿》比较，春秋时期，晋国的奸臣屠岸贾杀死赵氏全家，剩下一个初生的婴儿漏网，赵氏的门客用自己的孩子冒充孤儿，让屠岸贾杀死，屠岸贾就放松戒备，停止搜捕，真正的孤儿由赵氏的另一个门客秘密抚养。后来赵氏孤儿长大，平反冤狱，给父母报仇。原始记录很简单，后来编成戏曲，写成小说，就得使用"吹"的技巧把许多情节扩大。赵氏门客找了个孩子来替死，这孩子从那里来的？有人说是从别人家里偷来的，有人说是门客程婴自己的孩子，作家却选择程婴舍子，舍子的张力比较大。舍子岂是容易决定的事情，程婴即使自己义薄云天，他又如何说服妻子？说服妻子又谈何容易？妻子必须很难说服，这才有"戏"，程婴必须说服妻子，说服妻子就是说服读者观众。

舍子成功，赵氏孤儿由门客公孙杵臼秘密养育，公孙如何把孤儿抚养成人？又如何把孤儿抚养成才？戏剧和小说的作家必须"糅"进许多素材。小说有小说的办法，戏剧有戏剧的办法，在戏曲里面，赵氏孤儿成了奸臣屠岸贾的义子，屠岸贾正是赵家灭门的仇人，这是"形式决定内容"，戏剧必须把所有的人物缠在一起，尤其是重要人物，必须不断出场，不断互动，让观众时时看得见，一步一步熟悉他，了解他，进入他的世界，孤儿不能一直藏在后台，最后忽然跑出一个复仇的王子来，观众不接受他。义子并不知道他跟义父有不共戴天之仇，义父义子也有感情，终有一天，义子忽然发觉天降大任，必须跟养育他的义父来一个你死我活，这戏多么难编？多么难演？使用原型也得有一等一的本事，不是照着葫芦画瓢。

这两个故事只是同"型"，在中国，替死出于忠义，受人崇敬，在基督教，替死的意义升高扩大为悲天悯人，受人崇拜。当年楚汉相争，项羽把刘邦围困在荥阳，刘邦军中有一位将军名叫纪信，相貌跟刘邦相似，陈平定计，由纪信假扮汉王出城投降，刘邦趁机会脱围逃走。结果当然是项羽杀了纪信，而且用火刑，不过项羽也曾劝纪信投降，纪信拒绝，可见替死之心坚决。刘邦对这样一位将军好像并未放在心上，成功以后对纪信没有什么特别的纪念，讨论功人功狗的时候也没提纪信的名字。我总觉得中国人把"替死"工具化了，我不赞成以这种态度使用替死的原型。

有一类故事统称"人妖恋"，蛇、狐狸、老虎修炼成精，化为美女，去和凡人恋爱，起初情节简单，后来不断演变、发育，产生了这一类故事的文学原型。《白蛇传》就是从这一类故事发展成熟的，从唐代到现代，一代一代传下来，经过无名氏、有名氏不断增添，也就是经过许多次"吹"和"糅"，白蛇的故事就像一条河，源远流长，沿途有许多长长短短的支流注入，成为大江。

白蛇的人身是一个既美丽又多情的女子，名叫白素贞，为了报恩，嫁给书生许仙，她带来的似乎是幸福，不是危害，可是西湖金山寺的法海和尚仍然从许仙的脸上发现妖气。法海为了"救许仙"，把许仙软禁在金山寺内，白素贞为了"救许仙"，使西湖的水位高涨，以淹没金山寺威胁法海让步，这就淹死了湖边很多生灵，造下罪孽。最后法海制服了白素贞，把她压在了西湖的雷峰塔下。

这个故事并没有完全支持"封建社会"的男子特权，剥夺女子的恋爱自由，它几乎是平等对待法海和白素贞，他们的行为都有理由，也都有过失。不错，这两个角色都是依照"封建社会"的规范塑造，这个故事表现了"封建社会"的冷酷，可是"封建社会"也有它温柔的调和剂。法海本想弄死白蛇，白蛇有孕在身，法海预知这个孩子将来要中状元，他不能杀死未来的状元，也不能杀死状元的母亲。他只能给白素贞一个徒刑，并且指着雷峰塔旁边的一棵铁树说，白素贞的刑期等到铁树开花的时候结束，铁树号称五百年开花一次，希望渺茫，但仍然不失为一项承诺。后来白素贞的儿子果然中了状元，民间相传，皇上照例要带着状元游览皇宫，拜见皇后，皇后照例在状元头上插一朵金花。这位新科状元到西湖"祭塔"，把皇后赏赐的簪花插在铁树上，算是到了法海的承诺兑现的时候，白素贞立即恢复了自由。崇拜科举功名，母以子贵，皇恩浩荡，多么封建！可是对那个社会的人民大众来说，又是多么温情！所以这个故事那么受欢迎，占尽风光。

近在眼前，当代小说家李乔和李碧华都有他们自己的《白蛇传》。他们仍然使用白蛇、青蛇、许仙、法海，这些名字，其实是一个全新的班底，这种创作方法一般称为改编，可是在李乔和李碧华的作品里，人物性格不同，故事情节不同，时空背景不同，对人生的观察和批判不同，远超过改编的程度。他们毁坏了也再造了原来的《白蛇传》，就像火凤凰毁坏了自己，出现一个新的生命。

李碧华别出心裁，从青蛇的角度处理这个题材，青蛇从一个柔顺的助手，一变而有鲜明的个性，处处采取主动。她嫉妒白蛇，勾引许仙，一度成为小三。她也勾引法海，也和白蛇有同性恋的倾向。小青突然变大，变成一条长长的魔绳，把四个人紧紧缠在一起，通常这是戏剧才有的结构，也许因为这个缘故，名导演徐克把它拍成电影。最后，白蛇的儿子并没有中状元，而是在"文革"时期当了红卫兵，压在塔底的白素贞并非刑满释放，也不是如田汉所写由小青率领各洞神仙劫狱营救，而是红卫兵小将们破除四旧拆毁雷峰塔将她放出来，这个奇幻的结尾给白蛇的故事染上了现实的色彩。

李乔也有他的深刻和精彩。他安排白素贞修成菩萨，雷峰塔也是藏经塔，白素贞有了难得的机缘在里面潜心"阅藏"。既然要成菩萨，当然不宜产子，所以胎儿在母腹中自然消失，凭着神通，已经发生的事情可以没有发生。既然成了菩萨，雷峰塔就是神龛，不再有释放的问题。法海和白素贞的冲突就是理智和情感的冲突，结果"情"的化身完全胜利，修成正果，"菩萨"本来就是有情。"理"的化身完全失败，他得负起冷酷固执荼毒生灵的责任，变成一块大石头。李乔给这个故事浓厚的宗教色彩，许多情节都来自他对佛教的了解和共鸣，也来自他对性情的发扬和支持，他巧妙地调和了二者的分歧。

佛教擅长使用小故事宣扬教义，很多很多小故事集中在佛陀名下，成为经典的一部分。说故事也是文学作家的本门功夫，在作家眼中，佛门经典也是文学作品，也是后世文学创作的原型。佛教否定男女情欲，佛陀常常演讲正面表述，也常常说故事侧面表述。他说山边、水旁、树下，来了一个术士，术士吐出一只壶，壶中出来一个女子，两人共宿。术士熟睡了，女子也吐出一只壶，壶中出来一个男子，和她共宿。约莫到了术士要醒的时候，女子叫男子回到壶中，再把壶吞到肚子里。术士醒来，叫女子回到壶中，他也把壶吞回肚子里。这个故事写人物口中吐出饮食男女，当下作乐，构想奇特。它表示"每一个男人心中都有另外一个女人，每一个女人心中都有另外一个男人"，揭露普遍的人性。"心中"的男女别人不知道，除非他说出来或做出来，现在别出心裁让他"吐出来"，这就是艺术手法。"吐出来"不可能，但读者忘记了计较判断，只觉得新鲜有趣，加上三分心有戚戚，这就是艺术的感染力。理所当然，这个故事成为后世许多故事的原型。

后出的作品中，有人把主角"术士"改成外国道士，山边树下换成狭小的笼子，笼子里的空间比道士的体积还小，但是道士能钻进去容身。他在笼子里吐出杯盘、酒菜、妇人，一同快快乐乐地吃喝。酒足饭饱，沉沉入睡，那妇人也从口中吐出一个男子，跟他继续享乐。那道士好像快要醒了，妇人连忙把情夫吞回去。道士醒来，也把妇人和杯盘吞回去。道士带着笼子行走江湖，到处表演，他不但能使用笼子，也能用其他容器，随地取材。他来到一个吝啬的财主家中，运用法术，先把那财主心爱的马弄进瓮中，后把财主的父母装进壶中，强迫他散财行善。

这个故事模仿第一个故事，继承了精华，也增添了情节，可惜精华部分（也就是口中吐出这个那个）跟第一个故事连文字也没有多大差别，用今天的眼光看，接近抄袭。第二个故事的作者知道他的故事要有不同的意义，加入了劫富济贫，可是"意义"并非出于精华部分，而是后续一段自己的构造，好像两个故事勉强拼凑起来，上气不接下气。他也是使用"延长法"，可惜效果不好。

还有第三个故事。一个书生能进入鹅笼，跟鹅并排坐在一起，由人背着行走，也没增加重量。途中树下休息，书生口中吐出女子和杯盘酒菜，一同进食，这是第一次组合。书生醉了，女子口中吐出另一个男人，一块儿喝酒，这是第二次组合。等到女子醉了，也睡了，那第二个男子口中再吐出一个女子，第三次组合。到了书生快要醒来的时候，第三次组合的男人连忙把身旁的女伴吞回去，第二次组合的女子又连忙把自己的男伴吞回去。辗转并吞以后，只剩下第一次组合，那书生和他从口中吐出的女子，好像除此以外什么事情也没发生。书生醒后，慢慢地把第一个女子和餐具吞回去，继续上路。

第三个故事也是以第一个故事为原型，他也取用了最精彩的情节，人从口中吐出这个那个，又吞回这个那个。他把两次男女组合延长为三次，显示情欲之海有数不尽的痴男怨女浮浮沉沉。第一个故事结尾，作者明白指出女子难以守贞，第三个故事，作者只有叙述，不做评论，把解释权释交给读者，类似近代的短篇小说。

　　天下事无独有偶，这里那里都有同型的事件，作家使用原型也可以算是取法人生。台湾地区新闻处曾经公开征求剧本，揭晓后，有人检举得奖的作品抄袭了他的剧本，两部戏的故事都是在狂风暴雨之夜，一个女子独自出门，被一个陌生的男人强暴，女子因此怀孕，生下一个孩子。孩子渐渐长大，做母亲的在报纸上刊登广告说明事实经过，给孩子找父亲，不料有六个男人前来报到，这六个人都干过同样的坏事。新闻处要求得奖人说明，得奖人拿出一张某年某月某日的报纸来，上面登着一条如此这般的新闻。他向新闻取材，并不是向别人的作品取材。人生中同型的事件层出不穷，一个人写了，其他的人可以再写。不过，所"同"者应该只是"型"，后出者要有自己的情节，自己的表述方式，自己的创意。

　　今天的作家使用原型，多半是向古代的经典或民间的流传取材，躲开著作权法的禁制。近人的作品受法律保护，除非经过原作者允许，他人不能以任何方式使用，虽然也有人"饥寒起盗心"，那种行为应该另外讨论。文学创作鼓励你继承遗产，站在巨人的肩膀上，法律又保障作家的智慧财产，不许侵犯，都是为了促进文学的发展，一收一放，犹如汽车的刹车和油门，但是分寸微妙，说来话长。

（选自《灵感》）

王鼎钧文学谈片

一

在作家聚会的时候，我常常鼓吹两句话："做值得写的事，写值得做的事。"这几年我劝人写传记，把那两句话修改了一下："做值得写的人，写值得做的人。"

作家看见值得写的人，就像雕刻家看见一块很好的大理石，很想变成自己的作品，人以文传，文以人传，可以在广大的人群中增加十个百个"值得写的人"，这些值得写的人又做出千件万件"值得做的事"，对建造一个健全的社会大有帮助。

我说，作家笔下值得写的人，都是读者眼中值得做的人，读这样的传记，可以扩大心胸，提高境界，砥砺意志，向前向上。我们来到这个世界上，不断学习，不断成长，遇强则强，遇弱则弱，近朱者赤，近墨者黑。这个值得做的人，他是怎样做到的？别人怎样也做到？名人传记就是正面教材，至少是重要资讯。

（摘自《说好话》）

二

尼采说过，好书是用血写成的。有人被他的联想限制住了，以为像出家人刺臂取血写佛经，我给他加了几个字稀释一下，好书是"血变成墨水"写成的，为什么不说它是墨水要说它是血？这就是文学的修辞，"血"字比较醒目动心。

引用尼采是升高，离开尼采再跨出一步是扩大，写文章不能光有墨水，还得有纸，我们都是在纸上安身立命的，"秀才人情一张纸"，文豪的功业也是几张纸。我有墨水，血变成的墨水，我得感谢很多家报纸杂志给我纸，你们也给我纸，大家都给我干干净净的纸，给我宽宽大大的纸，没有各位的纸，就没有我的书。

（摘自《给我更多的纸》）

三

大家都说碎片化不好，那也未必。拿我读过的书来说，《论语》就碎片化；泰戈尔、培根也碎片化；抗战时期，我们小青年都摸过尼采的书，我的印象，尼采也碎片化。我在台北那些年很苦闷，老师叫我读王阳明的《传习录》，《传习录》也碎片化。"无可奈何花落去，似曾相识燕归来"，怎么也像碎片？"两个黄鹂鸣翠柳，一行白鹭上青天。窗含西岭千秋雪，门泊东吴万里船。"怎么也像碎片？碎片化没问题，要看是什么样的碎片，你是零金碎玉，你是秦砖汉瓦，你是小数点后四位数，你是千分之三克拉的钻石，要用放大镜看，都有价值，有行情。

（摘自《小而美》）

四

20 世纪 50 年代，我还是一个文艺小青年的时候，指导我们写作的张道藩先生一再叮咛："文章是别人的好"，他的意思是劝我们接受别人的意见修改自己的文章。张道藩、罗家伦、余纪忠，这几位先进大贤，都曾经在我的文稿上留下他们的手泽。后来我把这句话当作座右铭，加以延伸，它不但是我写作的态度，也是我阅读的态度。

（摘自《文章是别人的好》）

五

有一句话说，这个世纪，人人都可以当作家，您怎么看？

据我所知，这是主编鼓励大家投稿的一句话，特别针对那些从来没有投稿经验的人。如果进一步推敲，这里面有一个问题，作家的定义是什么？

依著作权法，一个人只要把文章写出来，不需要发表，也不需要出版，他就有这篇文章的著作权，这时候，你可以说他就是作家。可是社会上认定一个人是不是作家比较严格。搞文学社团的人曾经讨论作家的资格，认为至少要有一本书出版才是作家，只有作品发表，没有出版成书，他们称之为作者。如果家中藏有原稿，从来没有发表，更不算数。

现在有网络，网络是一个发表的地方，没有问题，网络是不是一个出版的地方呢？应该也是。一个人，在网上开设博客，每星期一篇专栏，一连写了八年十年，有相当的名声，他是不是一个作家呢？我想他应该是作家，而且可能是作家中的佼佼者。

现在白话文当道，写文章容易，网络普及，发表容易，写作确实大众化了。人人可以做作家，并非人人都是作家，人皆可以为尧舜，并非人人都是尧舜。

（摘自《虚实相生攀高峰》）

六

　　我没有师承，没有门派，因此也没拘束，可以见什么学什么。我对什么主义、什么流派都没有成见，对什么社团、什么权威都不必死忠，对什么运动、什么理念都没有使命，只要对我的写作有益有补，我立即跟进，也可以随时止步。我能吞咽、反刍、消化，我能模仿、脱胎、立异。除了经典名著，我也能从文盲、儿童那里找到可学的东西，对于我，"三人行皆是我师"。

（摘自《三人行皆是我师》）

七

　　有才气的人只对他没有兴趣的事懒惰。他也许对早晨起床后叠被子懒惰，对修改他的诗稿不懒惰；他可能进了百货公司懒惰，进了图书馆不懒惰。他在核对银行账单的时候懒惰，核对莎士比亚版本的时候不懒惰。他每天至少读一篇文章，每星期至少写一篇文章，即使颠沛造次，不管风雨阴晴。

　　写文章，不能逢年过节才写一篇。不能儿娶女嫁才写一篇。不能等到日食月食写一篇。写作不是长周末去钓了一条鱼，不是百货公司大减价去买了一个皮包。写作是你兼了个差，天天要签到值班。写作是你信了个教，天天要打坐祷告。写作是你养了个宠物，随时想抱一抱、摸一下、看一眼，为了它早回家、晚睡觉、忘了吃饭。写作是一种痒，手痒、心痒。写作是一种瘾，就像烟瘾、酒瘾。写作教人牵肠挂肚，才下眉头，又上心头。写作是，你的生命一分一秒消失了，你不甘心。你对天地人生有发现，要给世界上的人分享。你的生命有热情，办公室里用不完，厨房里用不完，还要找一个地方用。你品位高，不去大西洋赌城，你来华文作家协会，你爱中国的语言文字，爱中国的文化，唐宋元明清，金木水火土，为你铺了一条红地毯，你要在上面走走。

（在华文作家协会新书发布会上的演讲）

八

　　新书发布会上，我常劝在座的文友多鼓掌，你的掌声犹如婚礼中的鞭炮，很重要，本来会场还有空位子，这一鼓掌，好像爆满了，你看一个两个三个人都在魂游天国，这一鼓掌，起死回生了。文友寻常雅聚，报纸也没给大块版面，只要你鼓掌，牛棚变殿堂。你来了，新书没看，脑子空空，不能讲话，可是两手也空空，正好拍巴掌。天生我材必有用，一个巴掌拍不响，为什么没有第三只手，因为鼓掌用不着。鼓掌也并非仅仅利人，利人的事也利己，鼓掌治百病，对你我的循环系统、消化系统、内分泌系统都有益处，甚至，医生说，常常鼓掌能培养自信，消除负面的人生观，预防忧郁症。

（摘自《我爱新书发布会》）

九

鸟可爱，雏亦可爱；花果可爱，胚芽也可爱。灵感的可爱在那灵光闪过，灵思涌现，"晨露初滴，新桐乍引"，在那初创的姿容。

灵感不可强求，但是可以引诱它出现。"灵感"的译名确立以后，还有人把它译成"天启"，据说史学家汤恩比的灵感就是在教堂里得到的。我希望得到灵感，我不吸烟引诱灵感，也不在祷告的时候祈求灵感，我读那些作家的作品，窥探他们的灵感，我相信写作能力是后天养成，感染熏习多于天授神予。

（摘自《灵感》）

十

文学作品有各式各样的"好"。有标准，但是没有独一无二的绝对标准。司空图的《诗品》指出好诗有二十四个标准，第一个是"雄浑"，他对雄浑的描述是"反虚入浑，积健为雄。具备万物，横绝太空"。他的第九个标准是"绮丽"，他的描述是"雾余水畔，红杏在林。月明华屋，画桥碧阴"。虽然他使用的语言并不精确，但我们仍然可以意会，雄浑和绮丽不同，也许相反。在《诗品》当中，还有豪放和含蓄，典雅和疏野，大抵类似。

从前的《诗话》作家，也就是诗词评论家，曾经讨论唐诗七绝以哪一首最好，产生了几张名单，没有谁举出唯一的一首来，有人选出七首，那是有七种好，有人选出十首，那是有十种好，王昌龄的《出塞》，王之涣的《凉州词》，李白的《下江陵》，王翰的《凉州词》，王维的《渭城曲》，李益的《夜上受降城闻笛》，都入选了。王昌龄的《出塞》是这样写的："秦时明月汉时关，万里长征人未还。但使龙城飞将在，不教胡马度阴山。"王维的《渭城曲》是这样写的："渭城朝雨浥轻尘，客舍青青柳色新。劝君更尽一杯酒，西出阳关无故人。"李白的《下江陵》是这样写的："朝辞白帝彩云间，千里江陵一日还。两岸猿声啼不住，轻舟已过万重山。"这些诗很不一样，都很好，都最好。

说句开玩笑的话，辛稼轩慷慨激昂，李后主忍气吞声，《水浒传》光明磊落，《金瓶梅》卑鄙龌龊，托尔斯泰始终如一，莎士比亚不拘一格，福楼拜中规中矩，乔伊斯乱七八糟，都好！都非常好！

（摘自《客至》）

十一

我曾在期刊、日报、广播、电视，四种媒体做编辑工作，也是他们的作者。先贤把著作写好，直接印成书，你怎么写，书就怎么印。后来有了日报，开始对作者有许多技术上的要求，如文章要短，要顾及大众趣味，等等。

到了广播，它是给人家听，不是给人家看，要一听就懂，还要"好听"，听得津津有味，很多专家学者写的稿子不能用，有时连他们讲的话也不能播。写广播稿不是写文字，是写声音，几乎和音乐家的工作差不多，我有《广播写作》一书专门讨论此事。

电视出现，对作家的限制更多，它是给人家看的，看画面，不是看文字，电视可以二十秒钟没人讲话，不能一秒钟没有画面。电视作家要用"映像"来思考，排斥抽象的概念，至于大众趣味那是更不用说了。很多名作家写的作品不能拍成电视节目，极红的电视作家（如果他是专业作家）可能不会好好地写一封信。

举例来说，通常副刊编辑要求一首新诗不要超过三十行，那时报纸分栏直排，诗的字数稀疏，如果超过版面的中线，就破坏了空间布置，他并不在意这首诗如果写成四十行会是一首更好的诗。副刊编辑通常要连载的长篇小说每天在结尾处有悬疑，吸引读者明天接着看，他并不在意这样的小说印成单行本，读者会觉得支离破碎，失去磅礴之气。技术是为作品服务的，现在作品要为技术服务，本来是内容决定形式，现在常常要形式决定内容。我有一本书叫《文艺与传播》，在台湾地区，它是讨论这个问题所发的第一声。

虽然如此，作者对媒体的特性要有认识，有选择。因为媒体在那儿选择你的题材，你的表现方式，你的第一步是适应它，跟它合作。

（摘自《虚实相生攀高峰》）

十二

我已知道有酬世的文学，传世的文学。酬世文章在手在口，传世的文学在心在魂，作家必须有酬世之量，传世之志。

　　我长年追求写作的方法技术，没有"技"就没有"艺"，我知道卵生重技，胎生重艺，技不等于艺。我终于知道文学艺术"法自然"，山无长势，水无长形，文无定法。所以法自然其实"法非法"，更进一步是"非非法"，最后仍然是更高一级的法自然。参不透像是绕口令，参透了无限欢喜。

　　我已知道文学固然不能依附权力，也不能依附时潮流派，什么唯心唯物，左翼右翼，古典现代，都是花朵，文学艺术是花落之后的果实，果实里面有种子，花落莲成，不为尧存，不为桀亡，固然有花而后有果，可是也慎防做了无果之花。

　　我一直相信作品和作家没有道德上的关联，人格是人格，艺术水准是艺术水准。现在我知道卑鄙的心灵不能产生有高度的作品，狭隘的心灵不能产生有广度的作品，肤浅的心灵不能产生有深度的作品，丑陋的心不能产生美感，低俗的心不能产生高级趣味，冷酷的心不能产生爱。一个作家除非他太不长进，否则他必须提升自己的心灵境界，他得"修行"。

（摘自《作家必须有酬世之量，传世之志》）

十三

一个柠檬是半盏柠檬水的容器，密密的纤维只合看作海绵。怎样干净的、灵巧的、简便地把精华取出来，前人有许多方法，后人将增添更多的方法。每一个柠檬是一首潜在的诗，挤柠檬的理由是写诗的理由。

熬夜工作的人损失许多早晨。我不说早晨比夜晚好，我只说人在早晨有诞生的感觉。必须光已使天地连接，必须每一颗星星化成露珠，必须草在众生之先苏醒，地平线海平线必须赤裸，人也赤裸，以清凉的空气为皮肤，忽然日出，来不及屏息。早起的理由是作诗的理由。

母亲节来了，又走了，应时畅销的货品不仅有康乃馨，还有过敏药。花粉热叫人"假伤风"，伤风使人温柔，想起母亲照料时伸出温软的手。初患者被每一个喷嚏困惑，宇宙太神秘，怎么花粉也牵动我们的神经，改变我们生理，组合我们的语言。语言可以是另一种花粉热，打喷嚏的理由是写诗的理由。

然后，我对神说，这世界有诗，有许多好诗。你一定知道，还有许多许多尚未产生的好诗。一切世人在起心动念之前，你已洞察，你是古往今来所有诗人的第一个读者。世界是"诗"的沙龙，你是沙龙的主，诗未毁灭前、你不毁灭世界。我祈祷，不问神是否听见，甚至不问是否有神。祈祷的理由是作诗的理由、写诗的理由。

（摘自《写诗的理由》）